Marc Anstett est né au milieu des années cinquante à Paris. Comédien, metteur en scène, musicien, auteur, il explore des thèmes variés, sous forme de romans, de nouvelles, d'essais, de textes dramaturgiques, d'adaptations. Il a composé de nombreuses pièces musicales, notamment pour le spectacle vivant. Il prête aussi régulièrement sa voix pour le doublage et apparaît ponctuellement au cinéma ou à la télévision.

Du même auteur, aux éditions Bod :

Des vendredis dans la tête
Histoire d'une serial-killeuse - Roman

Et si c'était nous (version française)
Petit éloge d'un tango des sens — essai

Y si fuéramos nosotros (version espagnole)
Pequeño elogio de un tango de los sentidos
Traducido del francés por Daniela Alejandra Aguilar

Souvenirs d'un coin du monde
Nouvelle

Bid Bang
Théâtre & arts plastiques — volet 1

Le don de l'invisible
Théâtre & arts plastiques — volet 2

Histoire de Monsieur Bertrand
Petite nouvelle illustrée

Tango pourpre
Fiction contemporaine

Katzen
Roman

Journal d'un pigeon voyageur

Marc Anstett

Journal d'un pigeon voyageur

Clin d'œil au peintre René Magritte

roman

Nouvelle édition 2017

BoD

© 2011, © 2017, Marc Anstett
Éditions : Bod-Books on Demand
12/14 rond-point des Champs Élysées,
75008 Paris, France

Non, la vie n'est pas un roman. Pourtant ça y ressemble. Et nous ne sommes pas non plus des personnages. Les personnages ne sont que dans l'écriture. À moins que notre vie n'ait été écrite à l'avance. Il y en a qui croient à ça.

1

19 h 15. La place est calme. L'homme porte un costume avec nœud papillon. Il a plié délicatement son imperméable et l'a posé sur le dossier du banc. Il s'est assis à la lueur du réverbère.

Je suis à mon poste dans le secret de ma cuisine, lumière éteinte. La table est poussée devant la fenêtre. Devant moi, mon journal de bord et mon stylo. Je monte la garde en silence. Pourtant il va bien falloir que je descende. Aujourd'hui, pas question de travailler. Je dois descendre et lui parler. Prendre contact. Sortir. Dehors ? Ça fait si longtemps… Descendre les quatre étages et me retrouver sur la petite place, face à lui, dans la réalité d'en bas. Un vrai parcours du combattant. Il faut que je le fasse, je n'ai plus le choix. Plus question de faire marche arrière, surtout après ce qui s'est passé hier.

Arrivé au rez-de-chaussée je pousse la lourde porte en bois qui donne sur la ruelle. Il est toujours là, assis, immobile. Évidemment. Pourquoi disparaîtrait-il au moment où je dois lui parler ? Pour me narguer peut-être ? Ce serait idiot, il ne sait pas encore que je viens à sa rencontre. Il ne sait même pas que j'existe.

Curieusement, aujourd'hui la place est déserte. Pas l'ombre d'un chat. Je me demande où ils sont tous passés. Cela ne va pas faciliter les choses. L'homme ne m'a pas encore vu. Je suis silencieux, debout derrière son dos. Il suffirait de marcher quelques mètres, sept à huit pas et je prononcerais la première phrase, les premiers mots.

Je sais qu'à cette étape du parcours je peux encore changer d'avis. Remonter à toute vitesse les marches quatre à quatre, arriver essoufflé dans ma cuisine, ne pas allumer la lumière et récupérer mon souffle dans l'ombre comme un voleur qui vient d'échapper à ses justiciers. Tout serait simplement remis en cause. Ce serait stupide, car à cet instant précis je suis dehors, je suis *vraiment* dehors et l'inconnu est là, devant moi. Il est réellement là, en chair et en os. Je pourrais pratiquement le toucher. Pourtant j'ai du mal à me lancer. Ça a toujours été mon problème.

Le mieux serait de contourner le banc pour arriver par le côté, comme un promeneur innocent qui se baladerait sans calcul. De cette façon, nous nous verrions d'abord l'un et l'autre, tout à fait par hasard, (un hasard qui ferait bien les choses), et alors que je m'approcherais avec une démarche normale, sans effet, nous échangerions au fur et à mesure un regard plus appuyé, et là, calmement, poliment, je m'arrêterais devant lui et lui dirais :

« Monsieur… Monsieur, vous permettez… »

J'avais à peine prononcé cette courte phrase d'introduction de façon maladroite et désarticulée que l'homme fixa son regard sur moi : il avait des yeux clairs aux sourcils broussailleux et portait une moustache sombre et soignée.

– Qu'est-ce que vous voulez ? me dit-il avec gravité.

J'étais pétrifié sur place.

– Je vous ai dérangé…

– Oui, me lança-t-il crûment tout en détournant le regard.

– Il faut absolument que je vous parle…

– Me parler ? D'habitude, il y a pas mal de gens qui se promènent par ici et pourtant personne n'a jamais eu envie de me parler.

Sa voix était calme et bien timbrée. Il avait l'aisance et l'articulation d'un homme de très bonne éducation. Tout laissait à supposer qu'il serait enclin à des réactions dosées et courtoises. Mais à mon grand regret, il se détourna carrément et me laissa en plan, debout sous le réverbère.

La conversation ne pouvait tout de même pas s'interrompe aussi vite !

— Les gens sont de plus en plus indifférents à ce qui se passe en général, ajoutai-je avec empressement.

À ma grande stupéfaction, j'avais réussi à énoncer cette phrase sans accroc et avec une certaine assurance même. Au bout de quelques secondes d'un silence et d'une immobilité assez redoutables, l'homme tourna enfin la tête à nouveau vers moi.

— Et pourquoi voulez-vous me parler ? me dit-il avec un air toujours aussi grave.

— Parce que ça fait longtemps que je vous observe.

Il changea tout à coup d'expression, masquant difficilement sa surprise. Son allure élégante et son regard profond m'impressionnaient. J'avais du mal à poursuivre.

— Oui. Je vous observe... de là-haut...

— Vous m'observez ? dit-il en regardant furtivement vers les toits.

— Vous venez vous asseoir là, chaque jour à la même heure. Très exactement entre 19 h 15 et 21 h 15.

Sa réaction fut sèche et sévère.

— Et alors ? Ça vous dérange ?

— Non, justement. C'est très bien comme ça.

Ce rapide changement d'humeur me mit encore plus mal à l'aise. L'inconnu me fixa à nouveau d'un air sombre et perplexe. Il semblait contrarié.

– Vous êtes de la presse ? me lança-t-il froidement.

– Non, non, pas du tout. J'habite juste derrière, vous voyez cette maison-là, troisième fenêtre à droite.

– Oui, je vois.

Il semblait presque soulagé. Il fallait que je continue sur ma lancée, je n'avais pas été aussi loquace depuis très longtemps et pour moi c'était une véritable aubaine.

– En tout cas, la première chose que je peux constater, c'est que vous n'avez pas d'accent.

Il me regarda avec un air ahuri.

– Et pourquoi faudrait-il que j'aie un accent ?

– Je pensais que vous étiez étranger.

– Étranger ? dit-il en écarquillant les yeux.

– Oui… vous êtes très différent des autres gens dans cette rue. Vous semblez venir de loin. De très loin.

L'inconnu me répondit sur un ton extrêmement revêche.

– Possible. Mais ça ne regarde que moi !

– Oui, certainement…

J'étais allé trop vite. L'inconnu semblait définitivement fermé sur lui-même et je n'avais pas la carrure pour renverser la vapeur. Je n'avais pas réussi à le mettre en confiance et encore moins à l'apprivoiser. Mais comment faire pour créer ce climat qui fait que parfois deux personnes entrent en contact sans le moindre problème, très simplement et sans même se connaître ?

Nous étions certainement de la même espèce. De ces animaux solitaires pour lesquels établir une relation n'est jamais aisé, quelles que soient les circonstances. L'inconnu appartenait sans aucun doute à une race plus noble que la mienne et apparemment plus sauvage. Aussi me fallait-il passer outre mes incompétences, si je voulais avoir une chance de relancer la partie.

– Vous permettez que je m'asseye à vos côtés ? lui dis-je avec un sourire.

– Allez-y, le banc est à tout le monde.

– Sauf entre 19 h 15 et 21 h 15 !

– Oui. Bien entendu, rétorqua-t-il avec le plus grand sérieux.

Ce genre d'humour à froid apparemment complice m'encouragea à m'asseoir malgré tout.

Nous étions maintenant côte à côte, sans un mot et sans un regard, sans la moindre haine ni le moindre plaisir. Cela ressemblait à une sorte de non-lieu. Un mauvais flottement dans la mécanique spatiotemporelle. Ça me faisait penser au titre de ce texte de Peter Handke que j'avais lu quelques années plus tôt *l'angoisse du gardien de but au moment du penalty*. On aurait entendu une mouche voler à l'autre bout de la place si cela avait été la saison. Mais nous étions à la fin de l'automne, l'air était frais et les mouches n'étaient plus au rendez-vous. Aujourd'hui la place était absolument vide. Désespérément vide. Majestueusement silencieuse et proprement déserte ! Nous seuls étions là, sur ce banc, immobiles. Deux parfaits inconnus parachutés en un clin d'œil par un coup de baguette magique. Cherchez l'erreur…

Car tout restait à imaginer entre nous. Il n'y avait rien. Absolument rien. Aucun lien. Pas le moindre atome crochu. Sauf ce qu'il y avait dans ma tête ! Ce qui me poussait à être à mon poste chaque jour entre 19 h 15 et 21 h 15, assis derrière la fenêtre de la petite cuisine qui me servait de Q.G., tout en haut de cette vieille façade grise et délavée par la pluie ! Un rituel particulièrement obsessionnel qui me liait à lui, mais dont il ignorait tout.

Pour tenter de briser la glace, je sortis le paquet de cigarettes et le briquet que j'avais pris soin de placer dans ma poche avant de quitter mon drôle d'observatoire sous les toits.

– Vous fumez ?

– Non, répondit-il sur un ton austère.

– Moi non plus. Mais j'en ai acheté un paquet au cas où…

L'inconnu me fixa droit dans les yeux.

– Qu'est-ce que vous voulez, au juste ?

Je ne savais plus où poser le regard ni par quel bout commencer.

– J'aimerais vous poser quelques questions.

– Je n'ai pas l'habitude de répondre à n'importe qui.
– C'est juste à propos d'hier… Vous n'êtes pas venu…
– C'est exact. Et alors ? dit-il avec suspicion.
– Eh bien… Voilà : je suis en train d'écrire…
– Écrire ?
– Oui, enfin… une sorte de… de roman. Je suis même sur le point de le terminer.
– Vous êtes romancier ? dit-il en se lissant la moustache.
– Mais c'est une drôle d'histoire...
– Ah bon. Et en quoi puis-je vous être utile ?
– Ce roman parle de vous. Enfin, d'une certaine manière.
– Comment ça, de moi ? rétorqua-t-il ahuri.
– Vous voyez ma fenêtre là… elle donne juste sur cette place. La vue est idéale. C'est un décor auquel je suis très sensible. Un ensemble de choses qui m'inspirent. Mais à force de vous voir assis là, chaque jour, vous êtes devenu un personnage dans ce décor... et j'ai fini par écrire des tas de choses sur votre compte. L'histoire de votre vie, etc.

Il me regarda en fronçant les sourcils.
– L'histoire de ma vie ? Vous ne parlez pas sérieusement ?
– Est-ce que j'ai l'air de plaisanter ?
– Non, pas vraiment. C'est justement ce qui m'inquiète.

— Au fil des jours vous êtes devenu le personnage central de l'histoire.

Il était stupéfait.

— Mais vous ne connaissez rien de moi !

— Peu importe. Votre personnage…

Il me regarda encore plus ahuri.

— Enfin, je veux dire dans mon roman… il s'agit d'un homme qui s'est complètement retiré de la société. Vous voyez ce que je veux dire…

— Non, pas du tout ! lança-t-il sur un ton méprisant.

— Une sorte de… de marginal… avec un passé extraordinaire…

— Drôle d'idée !

— Ah… Vous trouvez ?

— Mais bon, admettons que je n'y connaisse pas grand-chose, rétorqua-t-il froidement.

Il détourna ostensiblement le visage de l'autre côté afin de couper court à notre conversation.

Le courant ne passait pas. C'était très mauvais pour la suite. Il se leva et fit quelques pas vers la grande bâtisse où se trouvait mon appartement. Il s'arrêta devant la façade décrépite et observa ma fenêtre, tout là-haut. J'étais resté scotché sur le banc, anxieux, honteux même. Je n'avais pourtant rien à me reprocher. Après avoir considéré ma fenêtre un instant, l'inconnu emprunta exactement le même parcours dans le sens inverse, à pas lents et mesurés. Il portait des chaussures marron, très élégantes et très bien entretenues. Son costume taillé dans une étoffe très souple était de l'acabit de ceux que l'on pouvait voir dans les boutiques haut de gamme. Sa chemise claire soulignait un nœud papillon parfaitement en place. En fait, je ne l'avais jamais vu d'aussi près. Il était plus vrai que nature !

Lorsqu'il arriva à côté du banc, il s'arrêta et me regarda fixement. Je devais lui sembler bien misérable avec mon vieux jean délavé et mes baskets.

– Alors j'ai l'air d'un marginal ? me lança-t-il avec ironie.

– Non, non… mais disons que c'est votre comportement…

– Quel comportement ? Je ne fais rien de spécial.

– C'est le côté répétitif…

– Vous avez trop d'imagination, c'est tout.

– Uniquement lorsque vous êtes assis là. Parce que sinon… c'est le trou noir.

– Le trou noir ? dit-il en prenant un air consterné.

– La panne d'inspiration, si vous préférez.

Je commençais à me demander si j'avais bien fait de descendre. L'inconnu se tenait devant moi, les mains derrière le dos, fixant le sol avec obstination.

– Et depuis combien de temps ça dure ce petit jeu ?

– Euh… plusieurs… plusieurs mois.

– Comment ? Vous voulez dire que cela fait plusieurs mois que vous m'observez en douce ?

– Oui... on peut dire ça comme ça.

Il se pencha vers moi comme pour me mettre dans la confidence :

– C'est du voyeurisme, non ?

– Oh non, je ne pense pas.

– Observer quelqu'un en silence, à son insu et de manière quasi obsessionnelle, vous appelez ça comment, vous ?

– Ne le prenez pas mal.

– Mettez-vous à ma place !

Je n'osais plus le regarder. Il avait un air menaçant.

– Et puis d'abord, pourquoi m'annoncer cela aujourd'hui, de but en blanc ? Hein ? Vous auriez pu continuer à rester dans l'ombre, incognito…

– C'est à cause d'hier. Ce n'était pas un jour comme les autres. Vous n'étiez pas là, assis sur votre banc, calme, détendu, comme chaque jour à la même heure. Pourtant la lumière était magnifique, avec un clair-obscur, un silence d'une qualité rare…

– Oui, j'imagine. Et alors ?

– Je n'ai pas pu écrire ! Pas une ligne ! C'est la première fois depuis des mois !

Je me sentais de plus en plus confus, emporté par ce côté sanguin et émotif qui ne m'avait jamais fait défaut. C'était grotesque. D'ailleurs, j'avais laissé tomber cet ultime aveu comme un dernier cri avant l'échafaud…

L'homme me répondit avec une parfaite indifférence.

— Et que voulez-vous que j'y fasse ?

— Eh bien… j'ai pensé que vous pourriez peut-être m'aider.

— C'est uniquement pour ça que vous êtes descendu ? demanda-t-il d'un air douteux.

— Oui… pour vous mettre au courant de la situation.

Il me donna subitement l'impression d'entamer une enquête, comme si c'était lui l'inspecteur et moi le suspect. Cette sorte de garde à vue sur la place publique inversait totalement l'ordre des choses. C'est moi qui avais passé un temps fou derrière ma fenêtre, à l'observer, à tout imaginer, et maintenant c'est lui qui semblait tout échafauder méticuleusement dans sa tête pour me faire avouer les pires crimes.

— Donc, lorsque je ne viens pas m'asseoir sur ce banc vous ne pouvez pas écrire ?

— Aussi bizarre que cela puisse paraître.

— Imaginez qu'à partir de demain je ne revienne plus…

— Je ne sais pas… ça fait des mois que vous venez ici tous les jours… à 19 h 15.

— Il se pourrait que je change mes habitudes, non ?

— Vous ne l'avez jamais fait jusqu'à présent. À part hier.

– Mais cela pourrait très bien se reproduire. Vu la situation.

– Je ne fais rien de mal. Je vous observe, c'est tout.

Il s'était placé en face de moi et me fixait à nouveau droit dans les yeux.

– Et vous pensez que je vais pouvoir continuer à venir m'asseoir sur ce banc, maintenant que je me sens observé sous toutes les coutures, espionné, épié dans mes moindres mouvements ?

– Vous exagérez ! Ça ne se passe pas exactement comme ça.

– Ah oui ? Et ça se passe comment ?

– C'est juste une image. Une ambiance. Comme une sorte de tableau…

– Un tableau ? répondit-il sur un ton narquois.

– Avec un personnage central. Une présence qui m'est devenue absolument nécessaire ! Si vous disparaissez, je risque de perdre le fil !

J'avais lancé ce dernier argument avec tant de force et de conviction que mon visage était devenu rouge comme une tomate bien mûre. L'homme eut un sourire étonné.

– J'ai l'impression que vous prenez tout cela beaucoup trop au sérieux…

Je m'étais assis sur le banc, les yeux rivés sur la petite place.

– Je ne sais pas. C'est vraiment étrange. C'est exactement comme dans le tableau de Magritte *l'homme au journal*… j'en ai une reproduction chez moi.

— Magritte ! dit-il avec grandeur, car apparemment le nom de Magritte devait lui sembler tout à fait hors de propos.

— Je n'y connais pas grand-chose en peinture, jeune homme.

Il avait dit ça avec un tel détachement… Cela avait suffi pour désamorcer l'exaltation qui s'était emparée de moi.

J'avais retrouvé mon calme. J'observais la place, droit devant, tout en revisualisant parfaitement la toile du peintre, que je connaissais par cœur.

— Le tableau représente un salon rétro avec un homme assis… Oh, il n'y a rien de particulier : l'homme lit son journal assis près d'un poêle… les murs sont décorés de façon très banale… la fenêtre, les rideaux, le petit bouquet de fleurs sur le rebord de la fenêtre… Tout cela semble insignifiant… l'homme lui-même ressemble à ceux que l'on peut voir sur des cartes postales de l'époque… Mais savez-vous ce que fait Magritte de ces éléments anodins ?

Il me regardait, stupéfait :

— Et comment voulez-vous que je le sache ?

— Il divise sa toile en quatre rectangles. Puis il peint cette petite chambre quatre fois de façon identique. Mais l'homme au journal n'apparaît que dans un seul rectangle. Dans les autres, Magritte l'efface. Il devient invisible…

— Invisible ? dit-il en lissant à nouveau sa moustache.

— Invisible, oui…

Il y eut un bref silence.

— C'est ça l'élément troublant : la disparition de l'homme… Elle produit un choc en créant un véritable vide. Hier, quand vous n'étiez pas là, ça m'a fait le même effet…

Nous restâmes un court instant les yeux dans les yeux, avant que j'aille me rasseoir sur le banc, soulagé d'un grand poids.

Mon retour vers le banc n'eut aucune incidence sur lui. L'inconnu ne bougea pas d'un iota. Il resta rigoureusement dans la même posture, comme si j'étais encore en face de lui. À cet instant précis, la foudre aurait pu tomber à ses pieds qu'il n'aurait pas laissé frémir le moindre poil de sourcil ou de moustache. Il continuait à trôner seul devant la place déserte, tel une statue caressée par le vent, tandis que je reprenais mon souffle.

Il sortit lentement de cet immobilisme comme si les automatismes de la machine se remettaient instinctivement en route après un choc frontal. Il fit quelques pas vers moi, exactement les mêmes qu'auparavant, mais dans l'autre sens, au point que l'on aurait pu croire à un parcours fléché à respecter au centimètre près, et dans lequel les empreintes de ses semelles souples et silencieuses étaient réutilisées à chaque passage. Cela tenait de l'horlogerie suisse, subtil comme son parfait respect des horaires, le pliage réglementaire de son imperméable beige sur le dossier du banc, comme l'aplomb du nœud papillon au milieu du col, le soin pointilleux des chaussures et l'agencement moelleux des moustaches. Tout semblait en accord parfait, selon un ordre bien établi qui régissait la vie de ce mystérieux inconnu à l'emploi du temps hypercomptabilisé.

Il n'y avait qu'une ombre au tableau : ma journée d'hier. Cette journée si particulière. Celle qui n'existait pas. Celle qui n'avait pas eu sa place légale sur le calendrier de mes phantasmes quotidiens. Une journée absente. Comme un grain de sable crissant dans le rouage bien huilé de l'homme-sur-le-banc. Un trou béant dans le suivi des choses, qui m'avait coupé l'élan, sapé l'inspiration et le moral et qui avait fini par me déstabiliser. Je m'étais résolu à sortir de mon antre pour descendre parmi les humains... moi qui m'étais retiré du monde depuis si longtemps et qui sentais filer le temps entre mes doigts chaque jour, sans jamais savoir comment faire pour le remplir ou pour lui donner un sens...

À présent, l'inconnu savait l'essentiel : cela faisait trois mois qu'il était dans ma ligne de mire ! Je lui avais livré ce « secret inavouable » presque sans aucune pudeur, en pleine rue, et il en était le héros ! Avait-il véritablement évalué à quel point cette obsession massacrante m'avait accaparé jour après jour et avec quelle subtile résurgence l'image de l'homme sur son banc avait alimenté mon imaginaire au quotidien, jusqu'à en devenir incontournable ? Comment pourrait-il douter de ma sincérité, alors que je venais de me livrer en place publique au vu et au su de tous et sans armes !

Il termina sa course solitaire au pied du banc, juste derrière moi. J'attendais impatiemment « le verdict » qui tomba comme une sentence mortelle :
— Et vous pensez que je vais marcher dans votre combine ? me lança-t-il avec dédain.

Je me levai d'un bond :
— Quelle combine ?
— Vous avez peut-être de la suite dans les idées, mais n'essayez pas de m'avoir au baratin comme tous les autres.
— Non, non, ce n'est pas ça, je vous assure !
— Je me suis déjà fait emberlificoter plus d'une fois par des types de votre genre dans cette rue, alors je sais de quoi je parle.
— Tout à l'heure, vous m'avez dit que j'étais le premier…
— Ah oui ? Eh bien, je vous ai menti.
— Mais… pourquoi ?

Il y eut un blanc.
— Peut-être pour préserver ma tranquillité… ou pour vous mettre mal à l'aise… je ne sais pas.

— Si vous ne voulez pas que les gens vous abordent ou vous observent, vous ne deviez peut-être pas vous mettre là, au beau milieu de la rue, sur ce banc !

Il me remit en place aussitôt d'une façon sèche et autoritaire :

— Je fais ce qui me plaît !

— Oui, bien sûr. Là n'est pas la question.

Ça, pour me mettre mal à l'aise, il avait réussi. Et cela avait été un peu culotté de ma part de lui répondre sur ce ton. J'avais certainement touché un point sensible, car pour la première fois il avait manqué d'assurance.

Il s'était assis tout au bout du banc, comme pour s'isoler et s'éloigner de moi. Rien ne l'empêchait de partir. Il pouvait très bien interrompre notre conversation sur le champ et m'envoyer au diable. Mais il restait là et regardait fixement le sol. Il semblait réellement perturbé. Il continua avec un soupçon d'amertume dans la voix.

— Ils avaient tous de très bonnes raisons pour essayer de m'entraîner dans leurs histoires. Des flics aux balayeurs, en passant par les SDF, les prostituées, vous parlez d'une tranquillité…

— Rassurez-vous, je n'ai rien à voir avec tout ça.

— Vous croyez ? dit-il avec dédain.

— Eh bien oui. Enfin…

— Si je vous disais que pour moi c'est du pareil au même ?

— C'est ce que vous pensez…

– Vous croyez vraiment que votre petite aventure mérite plus d'attention que celle des autres ?

– Ça fait des mois que vous venez sur ce banc ! Tous les jours ! À la même heure !

L'homme me fixa droit dans les yeux. Il fallait que je me calme.

– Vous savez… parfois, il m'arrive de ne pas travailler à mon journal. Je traîne, je flâne. Je me dis : je ne vais pas regarder par la fenêtre aujourd'hui ! Je me dis que de toute façon vous n'allez pas être là. Que mon comportement est complètement idiot. Et que je vais finir par me rendre vraiment malade avec cette histoire. Mais à un moment donné, je finis toujours par jeter un coup d'œil sur la place pour vérifier. Et à chaque fois vous êtes là ! J'ai l'impression d'avoir avalé un réveille-matin. À 18 heures, je commence à devenir nerveux, je tourne en rond. À 19 heures, je deviens franchement anxieux. J'essaye de penser à autre chose. Mais à 19 h 15 précises vous êtes là, assis, comme d'habitude, alors je ne peux plus faire autrement… je me replonge dans mon journal et je me remets à écrire. J'en suis à la fin, heureusement ! Ce n'est qu'une affaire de deux ou trois jours, tout au plus. Mais évidemment… sans votre présence dans le décor…

L'inconnu m'avait écouté attentivement. Il s'approcha un peu et me parla avec une sympathie inattendue.

– Je ne vois pas pourquoi vous vous mettez dans un état pareil. Je n'ai jamais dit que je ne *voulais* plus revenir demain.

– Vous l'avez laissé entendre...

– Eh bien oui ! C'est possible, non ? dit-il avec un petit reste d'agacement.

– Remarquez, finalement c'est normal : on ne passe pas sa vie assis sur un banc !

L'homme eut pour moi un regard glacial.

– Enfin non... je voulais juste dire... qu'hier, quand vous n'étiez pas là, je n'ai pas tout de suite réagi. Mais au bout de quelques minutes, j'ai eu une sensation très désagréable. J'ai ressenti ce vide, comme dans le tableau. C'était d'abord une énigme. Et puis... j'ai commencé à éprouver une réelle inquiétude. Il vous était forcément arrivé quelque chose. Au final, j'ai pensé que vous aviez peut-être été victime d'un accident...

– Vous vous inquiétez pour moi ? C'est gentil, dit-il ironiquement.

– J'ai attendu jusqu'à 23 h 30...

– Vous êtes du genre coriace !

– ... ne plus vous voir assis, là... sous le réverbère, tout à coup...

– Vous voilà rassuré, aujourd'hui je suis à nouveau là, en chair et en os. Et bien vivant.

– Vous devez me prendre pour un dingue !

– Non. Pas du tout.

– Tant mieux. Tant mieux...

– Disons qu'actuellement je suis ouvert à toutes les éventualités.

Il posa sa main sur mon épaule et me parla d'une façon complice.

— Vous voyez, finalement... Vous avez eu raison de venir me parler de tout ça.

Il alla se rasseoir sur *son* banc d'un mouvement leste, comme si tout avait été dit. Je rejoignis l'inconnu à pas lents tout en me demandant ce qui avait bien pu le mettre de si bonne humeur en si peu de temps.

— Moi qui pensais que vous me prendriez pour quelqu'un de complètement tordu.

— Ne mélangeons pas les rôles, dit-il en se penchant vers moi. Je vais vous faire une confidence : c'est moi qui suis tordu. Enfin, c'est ce qu'ils disent tous.

— Qui ça ?

— Peu importe. Un homme respectable, aisé, avec des responsabilités, venir s'asseoir tous les jours ici, en pleine rue ! Ça ne cadre pas avec leur conception...

— Vous êtes quelqu'un d'important ?

— Important ou pas, pour moi ce qui compte le plus ce sont les deux heures que je passe sur ce banc, chaque jour.

— Vous devez avoir de bonnes raisons.

— Il se passe tellement de choses sur cette terre, des choses effroyables même, et pourtant tout le monde a ses raisons, dit-il en observant la place de façon impassible.

– Mais, euh... Ça ne vous intéresserait pas de savoir comment je vous ai imaginé dans mon roman ?

– Non, pas vraiment.

– Et quand je l'aurai terminé, vous n'aurez pas envie de le lire ?

L'homme se leva. Il semblait à nouveau préoccupé. Je sentais qu'il m'échappait une nouvelle fois en se refermant comme une huître. Il fit à nouveau quelques pas, le regard pointé vers le sol. Cette fois-ci, il emprunta un autre parcours. Il semblait d'ailleurs avoir plusieurs parcours fléchés à sa disposition, mais dont les empreintes restaient invisibles pour toute autre personne. J'avais déjà eu souvent l'occasion d'observer de ma fenêtre ce petit ballet des mocassins souples sur le bitume, soutenu par un tempo régulier, et déployé dans des chorégraphies à facettes multiples en fonction de la tranche horaire ou de l'humeur du jour, probablement. Le danseur à moustache semblait se concentrer sur quelque chose d'inaccessible. Était-ce ma question qui le titillait à ce point ? Était-il en train d'élaborer une stratégie de haut vol pour échapper à la réponse ? Au bout de quelques arabesques et entrechats très personnels, il s'arrêta net et me regarda avec un air désolé.

– Le lire ? Je ne sais pas si je pourrais.

– Je pense que je vais trouver une très bonne fin ! lui dis-je avec une pointe de fierté.

Mais il me répondit froidement et avec mépris.

— C'est tellement important pour vous, d'avoir une bonne fin ?

— Euh, non, non… ce n'est pas ce que je voulais dire, mais… c'est parce que… aujourd'hui… euh, j'ai eu une idée assez drôle.

— Ah bon. Remarquez, après tout ce que je viens d'entendre ça ne me surprend pas vraiment ! Alors ? Quelle idée ?

— Et si c'était vous qui l'écriviez !

L'homme me dévisagea en fronçant les sourcils.

— Qu'est-ce que vous dites ?

Il avait dit ça sur un ton extrêmement grave.

— Vous pourriez écrire vous-même la fin de l'histoire ! Je vous apporte mon manuscrit, vous le lisez, et vous écrivez la conclusion. Vous voyez, c'est simple.

— Vous voulez rire ?

Je n'avais vraiment pas envie de rire et l'homme commençait à hausser le ton.

— Alors non seulement je serais votre personnage principal, mais en plus il faudrait que je vous tienne la plume !

— Juste pour la fin. Quelques pages. De toute façon moi, maintenant, je ne pourrais plus l'écrire.

— Pourquoi ? Vous êtes à nouveau en panne ? rétorqua-t-il cyniquement.

— Je n'aurais jamais dû venir à votre rencontre. J'aurais dû rester dans ma réalité d'en haut. Je m'étais toujours dit ça, en vous observant.

— Désolé, c'est impossible.

— Il suffirait d'essayer.

— Non, vraiment, n'insistez pas ! conclut-il avec autorité. Sur quoi il alla se rasseoir.

— Si vous voulez, je pourrai même venir m'asseoir ici, à votre place.

L'homme se leva d'un bond en s'énervant franchement.

— Mais vous déraisonnez !

— Imaginez : vous êtes installé derrière ma fenêtre, chez moi, vous venez de terminer de lire mon manuscrit, vous avez toute l'histoire en tête et en m'observant assis sur votre banc comme l'homme de l'histoire, vous choisissez votre final. C'est tentant, non ?

Il poussa un long soupir. Il semblait éprouver de la lassitude tout à coup.

— Vous voudriez inverser les rôles ?

— En quelque sorte, oui...

— Si vous croyez que l'on peut se mettre à la place de quelqu'un aussi facilement...

— Pourquoi ne pas faire l'essai ?

— C'est tout à fait hors de question, répondit-il sèchement. D'ailleurs, ce que j'écrirais pourrait très bien ne pas vous plaire du tout.

— Ce n'est pas sûr. Pourquoi dites-vous ça ?

— Parce que quelle que soit l'histoire que vous ayez pu imaginer en m'observant, pour moi elle ne peut se terminer que d'une seule façon : triste et désespérée. Voilà pourquoi.

L'inconnu avait retrouvé son calme. Il parlait à nouveau d'une voix grave, élégante et profonde. Son regard était pur, d'un bleu acier. Il regardait la place déserte comme si elle lui évoquait une foule de souvenirs.

— Je vais encore vous avouer quelque chose, me lança-t-il avec simplicité. Quelque chose de confidentiel. Et qui va certainement vous faire changer d'avis. Je n'en ai plus que pour deux mois à vivre.

Il y avait chez cet homme quelque chose de schizophrénique, un peu à la façon du Docteur Jekyll et de Mister Hyde. Tantôt il était l'ange, tantôt il était la bête. La noirceur des moustaches et la broussaille de ses sourcils y jouaient pour beaucoup, quel que soit le profil adopté. J'avais toujours été intrigué par cette dualité qui transpirait même de loin lorsque j'étais de garde dans ma guérite, là-haut, de 19 h 15 à 21 h 15. Il était tout et son contraire. Il m'avait annoncé ça avec un calme olympien, sans le moindre plissement sur le visage. Comme un robot qui vous donne le programme infaillible qui va suivre. J'étais estomaqué. Je ne savais plus quoi faire ni quoi dire. Je m'étais levé pour chercher ma place, oui c'est cela… chercher un endroit où me mettre, j'avais tout à coup besoin d'espace autour de moi, ce banc était devenu trop étroit, trop inconfortable, et devant moi la petite place m'offrait son vide apaisant et tranquille. Je m'étais planté sous le réverbère, pas très loin.

— C'est terrible ce que vous me dites là, Monsieur…

Il me répondit toujours sans le moindre mouvement, le regard fixe.

— Oui. Mais la vie est cruelle.

— Ils se trompent peut-être. Il ne faut pas vous résigner. On a vu des malades incurables guérir du jour au lendemain, comme ça, sans raison apparente.

— Que feriez-vous à ma place ?

— Je n'accepterais pas. Je me battrais.

— Jusqu'à la mort ? lança-t-il cyniquement.

— Je ne voulais pas dire ça.

Il s'était levé et effectuait quelques « pas de danse » autour de *son* banc.

— Rentrez chez vous ! me dit-il d'un air presque triomphal. Vous l'avez votre fin maintenant. Elle est simple. Tout ce qu'il y a de plus courant : votre personnage meurt à la dernière page ! On vit, on meurt. Voilà. Évidemment, on pourra toujours vous rétorquer que ce n'est pas très original. Et que c'est surtout le reste qui compte. Ce qu'il y a entre les deux. Mais ça, vous l'avez déjà écrit, je crois… Alors maintenant il vous suffit de refermer l'emballage et de passer à autre chose. De toute façon bientôt ce banc sera vide. Je ne viendrai plus m'asseoir entre 19 h 15 et 21 h 15. Je serai sans doute ailleurs, allongé dans une boîte en sapin, quelque part, loin d'ici…

Il acheva son funeste discours par un petit entrechat de sa fabrication agrémenté d'un petit sourire angélique.

– Mais c'est horrible, ce que vous me dites, Monsieur.

– Il y a des tas de romans qui se terminent comme ça.

– Mais là, vous me parlez de la réalité !

– Réalité, fiction… c'est pareil, marmonna-t-il de manière désinvolte.

– Comment ça, pareil ? Mais non ! Ce n'est pas pareil !

J'avais dit ça avec une telle verve qu'il en resta figé et que le ton monta de plusieurs crans en l'espace d'un quart de seconde.

– Vous n'allez quand même pas porter le monde entier sur vos épaules ! me cria-t-il.

– Il s'agit uniquement de vous.

– Et alors ? Qu'est-ce que ça change ? me dit-il avec une soudaine bonhomie.

– Mais... je n'ai pas envie que vous mouriez, moi !

– De toute façon, votre roman est terminé, ou presque, alors peu importe.

– Ça n'a plus rien à voir avec mon roman ! Je pourrais peut-être vous aider.

– Je n'ai besoin de personne. Personne ! Vous entendez ! J'ai une très bonne amie qui disait très récemment « s'il y a deux choses qu'un être humain peut faire tout seul, c'est bien naître et mourir ». Et elle a rajouté « surtout mourir ».

— Elle ne le disait certainement pas dans ce sens-là.

— Maintenant, je sais que cette phrase est vraie dans tous les sens. Et puis je ne suis pas malade, rassurez-vous. Je suis même en parfaite santé.

— Alors pourquoi dites-vous que vous n'en avez plus que pour deux mois à vivre ?

— Parce que j'en ai décidé ainsi.

La nouvelle venait de tomber comme un couperet sur son billot.

— Vous n'allez quand même pas… vous… suicider ?

— Si, justement.

— Mais… c'est absurde !

— Absurde ? répondit-il, l'air médusé

— Absurde… Oui…

Il réajusta sa position sur le banc, remit le pli de son pantalon lentement en place en le pinçant entre le pouce et l'index, posa son bras sur le dossier tout en se tournant légèrement vers moi.

— J'aimerais juste vous parler un peu de mon histoire, me dit-il avec un sérieux professoral. Au début, j'habite rue Sainte Claire, vous voyez, au numéro 38…

— Rue Sainte Claire ? Je ne connais pas.

— Elle ne fait pas partie de ce périmètre. D'ailleurs, elle n'existe plus aujourd'hui. Je vous parle d'une autre époque. Il y a tout juste dix ans. Imaginez que j'aie été témoin d'un événement grave…

— Quel événement ?
— Je ne peux pas vous le dire.
— Je vois…
— Vous ne voyez rien du tout. Parce qu'à la suite de cet événement, je perds la mémoire… du moins en partie. Dix ans après, un procès a lieu. Je suis le seul témoin capable de faire éclater la vérité. Mais je ne peux pas témoigner, puisque je suis en partie amnésique…
— C'est vraiment ce qui vous est arrivé, lui dis-je maladroitement.
— Évidemment. Mais ce n'est pas très visible en m'observant chaque jour assis là, comme ça…
— Non, non, bien entendu… euh et… après ?
— Depuis cette époque, je cherche désespérément à retrouver ce petit bout de passé perdu. Mais je n'ai que peu d'éléments. La seule chose qui me revienne en mémoire c'est un lieu. Identique à celui-ci. Et… un banc aussi…
— Je crois que je commence à comprendre.
— Mais je n'arrive pas à retrouver ce morceau de mémoire indispensable. Bien sûr, l'histoire ne s'arrête pas là.
— Continuez…
— Le procès a lieu. Résultat : un innocent est accusé et condamné. C'est à partir de là que ma vie bascule. Elle devient un vrai calvaire. Je me sens responsable à part entière. Je ne vis plus que dans la hantise et l'angoisse. Alors un beau jour je décide de mettre un terme à tout ça. Mais pas comme ça, à la va-vite. Je me donne un délai pour

me laisser une chance. Dans deux mois, le délai sera écoulé. Voilà, vous aussi, vous savez l'essentiel maintenant.

L'inconnu m'avait livré tout ça sur un plateau avec un ton résolument calme et pragmatique. Il n'avait laissé apparaître ni tristesse, ni passion, ni quoi que ce soit qui aurait pu le faire réagir physiquement ou qui aurait laissé frémir le son de sa voix. Cela avait eu la consistance d'une déclaration formelle, stricte et sans appel. Exactement comme s'il n'y avait plus rien à faire et que tout avait été dit.

Ce n'est pas du tout ce que je ressentais, au contraire : il y avait forcément quelque chose à faire. Et plus que jamais j'eus la certitude de pouvoir enfin servir à quelque chose, surtout à cette étape particulière de ma vie où la solitude et l'ennui pesaient comme de la fonte.

– Ce n'est pas de votre faute si vous avez perdu la mémoire, lui dis-je sur un ton que je voulais persuasif.

– Je ne peux plus supporter cette situation.

– Il faut que nous parlions de tout ça ensemble.

– J'en connais plusieurs qui ont essayé avant vous. Mais on ne peut pas se mettre à la place d'un autre.

– Je suis certain de pouvoir vous aider.

L'homme se leva et saisit son imperméable d'un geste énergique.

— Laissez tomber ! D'ailleurs il est pratiquement 21 h 15. Dans quelques minutes, j'occupe un autre banc dans la rue voisine.

— …

— Vous avez parfaitement compris, dit-il en enfilant son imperméable de manière expéditive. J'ai plusieurs bancs. Et je suis très à cheval sur les horaires, comme vous l'avez remarqué.

Alors qu'il s'apprêtait à partir, il s'arrêta dans son élan.

— La prochaine fois, tâchez de vous trouver un autre pigeon pour votre « roman » ! Et bonne chance quand même…

Sur quoi il se dirigea vers la ruelle qui longeait l'immeuble.

— Attendez… attendez ! Vous vous trompez complètement sur mon compte !

Je n'avais pas eu le temps de terminer ma phrase : sa silhouette avait déjà disparu derrière le pâté de maisons, me laissant seul sous la lueur du réverbère, avec un terrible arrière-goût d'injustice au fond de la gorge.

2

21 h 20. Je viens tout juste de remonter les quatre étages de cette vieille bâtisse à colombages qui domine la place. La clé dans la serrure laisse entendre un cliquetis aussi bruyant que celui d'une porte de prison. La porte de *ma prison* ! Car cette remontée lente et pesante vers le donjon de mon supplice tient plus de la descente aux enfers que de l'ascension glorieuse. Tout en commençant à digérer l'échec cuisant que je viens de vivre avec l'inconnu quatre étages plus bas, je pose le visage contre la vitre pour regarder machinalement vers le banc, devant la place. C'est une curieuse habitude que je mettrai probablement beaucoup de temps à perdre, même avec la meilleure volonté du monde…

À ma grande surprise, j'aperçois la silhouette de l'inconnu dans la lueur du réverbère ! Il est revenu. Moi qui pensais ne plus jamais le revoir !

Il marche les mains enfoncées dans les poches de son pardessus tout en jetant quelques coups d'œil discrets vers ma fenêtre. J'ai à peine le temps de comprendre : il me faut reculer rapidement pour échapper à l'un de ses regards furtifs. Dehors la nuit est plus noire. L'inconnu ne m'a sans doute pas vu. Je reste immobile, collé au mur, l'œil rivé sur le banc, en bas. Je retiens mon souffle et j'évite le moindre mouvement, ce qui est complètement idiot d'ailleurs : l'inconnu ne peut pas m'entendre. Mais c'est un comportement quasiment instinctif. J'observe en silence comme un chasseur terré dans la nuit. Pourquoi suis-je dans cet état-là ? Je ne sais pas. Peut-être à force de vivre seul. La solitude peut faire des ravages chez les gens de mon espèce. C'est ce que j'ai entendu dire plusieurs fois à mon sujet.

Mon œil continue à fixer l'homme sans sourciller. Mais je sens bien comme tout est différent à présent. Je ne pourrai plus jamais l'observer comme avant et il ne pourra plus jamais venir s'asseoir comme avant. Peut-être ai-je modifié maladroitement l'ordre naturel des choses alors qu'il eût été tellement mieux de les laisser filer sans intervenir.

« Ne jamais descendre pour aller à sa rencontre ». J'avais failli à cette règle d'or que je m'étais pourtant fixée au fur et à mesure de mes gardes obsessionnelles. Oui, mais il y avait eu cette journée particulière où tout s'était brusquement arrêté sans explication. L'homme n'était pas venu s'asseoir sur son banc… et je n'avais pas pu écrire une seule ligne… C'était arrivé à peine hier et il s'était passé déjà tellement de choses depuis cette malencontreuse rupture entre la réalité d'en haut et la réalité d'en bas…

Tout ça, c'est parce que rien n'est jamais simple avec moi. Il faut toujours que je me complique la vie. À moins que — d'office pour moi — la vie ne soit forcément toujours compliquée. Aussi me suis-je taillé une drôle de réputation dans l'immeuble et à plusieurs reprises j'ai surpris des conversations à mon sujet dans l'escalier. Mais je me suis toujours contenté d'épier ces vilains ragots discrètement derrière ma porte, sans jamais intervenir. Ça aussi, c'est une drôle de manie : ne jamais rien faire au grand jour. Rester discret ; le plus discret possible. C'est un petit règlement personnel qui m'arrange bien puisque de toute façon je suis incapable d'avoir des relations normales avec les gens, comme avec mes voisins par exemple. On peut penser de moi ce qu'on veut, ça m'est égal.

Pourquoi l'inconnu était-il revenu aussi vite ? Il n'avait jamais fait ça auparavant. Quelque chose ne tournait pas rond. Ses allées et venues autour du banc étaient moins ordonnées. Il était plus nerveux que d'habitude. Son pas manquait de souplesse. Mais où était passé l'élégant danseur à moustache et à chorégraphies multiples ? Il allait encore falloir descende pour vérifier tout ça... D'autant plus que je venais d'avoir une idée lumineuse. Oui : lumineuse ! En tout cas, je l'espérais parce que ce serait certainement ma dernière chance. Je n'avais pas envie de jeter ce drôle de journal de bord aux oubliettes. Non, j'avais envie de la terminer, cette histoire, d'une manière ou d'une autre. Elle commençait à me plaire et il ne fallait plus perdre de temps, car il se pourrait bien que l'homme disparaisse à nouveau sans laisser de trace avant même que j'arrive en bas.

Pas une seconde à perdre : j'enfile rapidement ma vieille veste en cuir et je dévale l'escalier à toute allure, manquant presque de me casser la figure à plusieurs reprises sur les marches en bois ciré et emportant dans le dernier virage un des pots de fleurs de la vieille dame du 1er ! Tant pis pour elle. Voilà ce qui arrive quand on a une langue de vipère ! Cette descente vertigineuse a tout d'une véritable course contre la montre avec bande-son intégrée tournant en boucle dans ma tête « Pourvu qu'il soit encore là... Pourvu qu'il soit encore là... »

Si j'avais croisé une autre personne de l'immeuble à cet instant précis, il m'aurait certainement fallu la convaincre que le bâtiment avait été rallongé de dix étages afin d'éviter qu'elle ne me croie en cavale après un crime sanglant ! L'assassinat de la vieille dame du 1er, par exemple.

Je suis enfin arrivé au rez-de-chaussée en sueur et complètement essoufflé. Je ne peux décemment pas aborder l'homme dans cet état de panique avancée. Il faut que je me détende. Avant de sortir dans la rue, il faut que je fasse une petite pause de remise en forme sur ce dernier palier de décompression, récupérer mon souffle, tenter de me recoiffer, essuyer la sueur qui coule dans mon cou ; tous ces petits détails apparents comme autant d'indices flagrants de ma course folle et de mon trouble émotionnel, et qu'il faut faire disparaître à tout prix. Dans quel état me suis-je mis ! Et que se serait-il passé si la maison avait bel et bien eu dix étages de plus ? J'y aurais laissé ma peau, sans aucun doute...

En attendant de retrouver un pouls normal, je vérifie par la lucarne grillagée qui sert de regard dans la lourde porte en bois de l'immeuble. L'homme est toujours là. Mais je le distingue mal. À présent, la nuit est pleine. J'arrange une dernière fois la paillasse qui me sert de coiffure — et qui n'a pas vu un professionnel du cheveu depuis un lustre — et j'essuie le reste de sueur qui refroidit désagréablement dans ma nuque. Voilà. Je suis à nouveau dans un état physique à peu près normal. Je peux enfin sortir de mon sas et me diriger vers la place afin de mettre mon « idée lumineuse » en pratique.

Presque instinctivement, j'avais profité d'un instant où l'homme se trouvait dos à moi pour m'avancer. Le banc en bois blanc rayonnait sous le réverbère. L'homme était debout et observait la petite place brumeuse. Il ne m'avait pas entendu arriver... à moins qu'il n'eût fait semblant malgré le silence qui régnait toujours en maître de manière incompréhensible pour une soirée d'automne comme les autres. J'étais arrivé par surprise, comme à mon habitude, discrètement, le plus discrètement possible — selon la règle — à quelques mètres de lui.

– Hé... Ho... Monsieur ! dis-je d'une voix polie et souriante

Il se retourna aussitôt.

– Encore vous !

– Monsieur... vous êtes revenu...

– Vous êtes vraiment collant ! dit-il très agacé. Vous n'avez que ça à faire ?

– Excusez-moi.

Il avait l'air très en colère.

– Vous avez l'intention de me suivre à la trace comme un petit chien ? Vous voyez bien que je suis occupé ! Alors, arrêtez de vous acharner sur moi une fois pour toutes !

Je ne voyais toujours pas à quel genre d'occupation il pouvait bien s'adonner, mais une chose était sûre : il en avait plus qu'assez de me voir. Je m'étais approché malgré tout avec une sorte de nonchalance malheureusement très mal imitée.

– Finalement, jusqu'à quand serez-vous là ?

– Ça, ça me regarde ! répondit-il d'un trait, avec virulence.

– Parce qu'il est déjà 21 h 30 et…

L'homme m'interrompit sèchement.

– J'avais envie de revenir !

– Écoutez, Monsieur… j'ai pensé… je pourrais peut-être vous aider… à retrouver le petit bout de mémoire qui vous manque…

Il poussa un soupir de découragement.

– Quoi ? Qu'est-ce que vous dites ?

– Je ne peux pas vous laisser comme ça.

Je lui avais dit cela sur un ton très décidé. L'inconnu alla aussitôt s'asseoir sur le banc et remonta le col de son imperméable pour se protéger de la brise automnale.

– Je n'ai pas besoin de votre aide, dit-il calmement sans se retourner. D'ailleurs, tout ça n'aurait aucun sens pour vous.

– Il faut tout passer au peigne fin, faire une véritable enquête, point par point. Je suis prêt à travailler sans relâche, vous verrez…

Il ne bougeait plus. Je ne pouvais plus distinguer son visage caché derrière le grand col relevé sur l'arrière de sa tête. J'entendais juste sa voix. On aurait dit qu'il se parlait à lui-même, regardant droit devant lui tandis que la place s'estompait dans la brume nocturne. La silhouette solitaire de l'inconnu se découpait, mystérieuse — presque sans tête — devant ce rideau de brouillard qui flottait irrégulièrement dans l'air frais du soir. J'eus malgré moi cette vision fantasmagorique de l'homme étêté seul dans le brouillard — vision digne des meilleurs films d'horreur de série B —

et qui m'avait rapidement traversé l'esprit pour m'offrir un petit instant de frayeur inopinée. Fort heureusement, la beauté et la plénitude de ce paysage architectural rescapé du Moyen Âge, avec ses maisons à tourelles et ses pavés à l'ancienne, avaient très vite gommé cette image cauchemardesque pour imposer son climat apaisant. J'avais toujours été sensible à ce genre d'atmosphère cotonneuse, pleine de magie et de mystère. Cette petite place devait probablement en être le théâtre régulier dès le début de chaque automne et pendant toute la période des fêtes de fin d'année. En observant l'inconnu tel qu'il était là, assis sur ce banc flottant dans les vapeurs nocturnes, j'aurais pu à nouveau écrire des pages entières, discrètement perché derrière ma fenêtre, tout là-haut, afin de profiter pleinement d'une vue d'ensemble. Mais les choses étaient différentes. J'étais descendu. J'avais mis les pieds dans un autre monde. J'étais dans la réalité d'en bas...

L'homme me sortit de ma rêverie crépusculaire avec une voix très calme.

– Et pourquoi m'aideriez-vous à retrouver cette parcelle de mémoire ? Je ne vous ai rien demandé.

Il me fit l'impression d'être moins fermé et plus vulnérable en disant cela. Peut-être s'était-il laissé prendre par l'ambiance de cette petite place au parfum médiéval où quelques fées invisibles viennent parfois apaiser les esprits torturés... C'est ce que disait la légende. Et tout le monde la connaissait par ici.

Je m'étais avancé lentement vers le banc pour m'arrêter juste à côté. Moi aussi j'avais relevé mon col. Était-ce par mimétisme ou par empathie ? Je ne sais pas. Quoi qu'il en soit, nous étions à nouveau côte à côte, sans un mot et sans un regard, exactement comme lors de notre première rencontre. Mais nous n'étions plus de parfaits inconnus. Et le gardien de but ne se sentait plus aussi seul au moment du penalty...

Les maisons d'en face nous offraient le jeu imprévisible de leurs cases de lumières s'allumant ou s'éteignant par intermittence au gré des activités de leurs occupants. Objets inanimés avez-vous donc une âme... Peut-être aurions-nous pu rester longtemps comme ça, à ne rien faire, à ne rien dire, comme dans ces instants rares où les mots et les actes ne servent plus. Oui, mais une fois de plus, il avait fallu que je gâche un peu l'ambiance histoire d'être fidèle à mes vieilles habitudes. J'avais les nerfs à fleur de peau.

– Vous savez, lui dis-je en contenant difficilement mon émotion, j'ai vécu avec votre image chaque jour... je me suis mis dans votre peau... j'ai respiré à votre place. J'ai visualisé plein de choses. Vous avez fini par devenir quelqu'un de proche, quelqu'un d'important, que je respecte et que j'apprécie.

Il me répondit sans bouger le moindre poil de moustache.

— Calmez-vous un peu. Vous êtes en plein délire. Tout ça, c'est dans votre tête. Ça n'a rien à voir avec moi.

— Si, justement. Même si je me rends bien compte que vous êtes différent de ce que j'avais imaginé, vous avez changé le cours des choses, malgré vous. Maintenant vous faites partie de mon univers. Sans vous, je n'aurais certainement rien écrit du tout. Ou en tout cas pas la même chose. Et si vous étiez venu sur votre banc hier, comme d'habitude, je ne serais pas descendu vous parler. Vous voyez comme tout s'enchaîne. Maintenant, je vous connais un petit peu mieux. Et j'aimerais vous aider.

J'avais enfin vidé mon sac. L'inconnu avait fait preuve d'une certaine patience à mon égard. Après s'être levé pour se mettre face à moi, il me regarda à nouveau droit dans les yeux et me parla avec fermeté.

— Écoutez, jeune homme, jusqu'à présent vous m'étiez plutôt sympathique. Mais ce problème de mémoire ne regarde que moi. Et puis je n'aime pas votre façon de procéder pour essayer de me faire parler…

— Je ne vois pas ce que vous voulez insinuer, lui dis-je avec étonnement.

— Qu'est-ce que vous voulez au juste ? Enquêter sur mon compte ? C'est ça ?

— Vous n'y êtes pas du tout. Je veux juste vous aider.

— Que vous fantasmiez sur mon image passe encore ; c'est même plutôt flatteur de la part d'un inconnu. Mais cela ne vous autorise pas à vous mêler de ma vie privée. D'ailleurs, vous ne pourriez pas comprendre. Si vous croyez que l'on peut se mettre à la place de quelqu'un aussi facilement, vous vous trompez.

— Non, bien sûr, peut-être sommes-nous toujours dans le faux, peut-être avons-nous besoin de nous raconter des histoires pour vivre nos pulsions, nos désirs, je ne sais pas, mais tout compte fait, même si c'est le cas, c'est avec cette réalité-là que nous devons vivre, parce qu'il est impossible de savoir ce qui se passe réellement au cœur des gens et des choses.

L'homme haussa franchement le ton.

— Évidemment ! Et alors ? Pourquoi me racontez-vous tout ça ? Arrêtez de vous gargariser avec ce genre de formules convenues ! Ne vous mêlez pas de mes affaires ! Vous devriez plutôt souffler un peu, vous êtes dans un état second ! Ça en devient vraiment inquiétant. Et puis qu'est-ce que vous cachez sous votre veste ? Hein ? Qu'est-ce que vous cachez sous votre veste ?

J'osais à peine lever les yeux et sous mon blouson je dissimulais et serrais fortement dans ma main ce que l'homme semblait avoir entrevu. Il alla se rasseoir tout au bout du banc, en me tournant à nouveau franchement le dos. C'était une vraie manie chez lui. Puis il se remit à parler sans me regarder. Il avait retrouvé sa voix grave et profonde.

— Bon. Excusez-moi, dit-il plus calmement. Je me suis emporté.

J'étais tétanisé

— Alors ? Vous avez perdu votre langue ? C'est quoi sous votre veste ?

Je n'arrivais plus à articuler normalement.

— Eh bien… voilà je… je vous avais apporté mon journal… mais je sens bien qu'à présent… non… ça ne ferait qu'envenimer les choses…

L'homme continuait à regarder droit devant lui.

— Vous êtes vraiment increvable.

— J'avais l'intention de vous lire un petit extrait, mais bon…

Il se retourna enfin vers moi.

— Vous y tenez tant que ça ?

— Oui. Mais ce n'était peut-être pas une bonne idée.

Il y eut un silence. Un de ceux qui avaient déjà peuplé nos échanges et qui m'était devenu presque familier. Puis subitement, l'homme devint très expéditif.

— Eh bien tout compte fait, si ! C'est une très bonne idée ! dit-il avec vivacité. Allez-y. Lisez-moi un passage. Allez ! Finalement, je suis curieux de découvrir comment vous m'avez imaginé !

Il s'installa à nouveau dos à moi, sur le banc, face à la petite place. Il ne bougeait plus et attendait impatiemment ma lecture. Après quelques hésitations, j'ouvris le manuscrit.

— Bon, euh... bien entendu, d'abord il faudrait que vous vous représentiez la scène avec son décor parce que sinon...

— Oui, oui, comme vous voulez ! C'est vous l'auteur, me dit-il toujours sur le même ton expéditif.

— Bon, alors voilà...

J'avais du mal à démarrer ma lecture à froid, comme ça. L'inconnu se retourna avec énergie.

— Eh bien ! Allez-y. On ne va quand même pas y passer la nuit ! Je vous écoute.

— Vous avez l'air contrarié.

— Moi ? Non, pas du tout, dit-il plus calmement. Allez-y... Lisez-moi un passage.

Il semblait à la fois impatient et las, et en même temps il ne me regardait pas. C'était très désagréable. Ça ne me donnait pas envie de poursuivre cette lecture à voix haute. Malgré cela, je m'étais replongé en quelques secondes dans l'ambiance qu'évoquait ce premier chapitre, écrit il y a plusieurs mois déjà.

— Bon. Cette scène se passe dans une villa... au bord de la mer. C'est un soir d'été. Le vent fait flotter les rideaux de la porte-fenêtre qui donne juste sur la terrasse... on entend la mer au loin...

Je m'apprêtais à en faire la lecture, mais l'inconnu se retourna d'un coup et m'interrompit avec un air dubitatif.

— Vous n'allez pas me dire que vous avez imaginé tout ça rien qu'en me regardant assis sur ce banc ?

— Si, si ! lui dis-je d'un ton vif. Laissez-moi vous résumer la situation.

— Bien, bien. Allez-y, résumez, dit-il calmement.

— En fait, il y a plusieurs personnages. Ils sont trois. Un homme et… deux femmes.

— Ah ! Ça commence bien...

— Attendez. Ce n'est peut-être pas ce que vous croyez.

— D'accord, je vous écoute.

— La scène se passe à l'extérieur, sur la terrasse. L'homme… il s'appelle Pierre, c'est vous. Il est allongé sur un banc et boit du whisky. Il est d'ailleurs passablement éméché.

— Ah bon. C'est donc ça que je vous inspire ? Intéressant. Vraiment intéressant…

— Vous n'y êtes pas du tout ! C'est juste un contexte.

— Oui, oui, bien entendu. Continuez.

— Une des deux femmes est assise sur un vieux canapé. Elle fume une cigarette, rêveuse. L'autre femme a l'air beaucoup plus tendue. Elle se tient debout devant la porte-fenêtre, pensive. Elle observe la mer au loin. Vous voyez, c'est tout une ambiance.

— Oui, j'imagine. Bon, et après ?

— Au bout d'un moment la conversation s'engage et c'est là que ça se complique… parce que les trois personnages parlent d'un événement qu'ils ont vécu en commun, mais qui est difficile à reconstituer, ils évoquent une période importante de leur vie qui les a liés, mais qui les a aussi séparés parce que l'homme, Pierre, s'est fait passer pour un autre, il y a une sorte d'échange, enfin c'est assez complexe, et la femme…

Il s'était retourné vers moi et m'observait avec un air inquiet. Je m'interrompis.

– Oui ? me dit-il avec suspicion.

– … enfin, bref… la scène se passe… juste après l'événement en question et…

– Oui, et ensuite ? dit-il nerveusement.

– … eh bien… Oh rien. Rien.

J'étais désarmé. L'homme me fixait d'un regard perçant.

– Quoi ? Que vous arrive-t-il ? Vous ne vous sentez pas bien ? Vous êtes malade ?

– C'est ridicule, lui dis-je sans hésiter.

Il devint très dramatique tout à coup.

– Qu'est-ce qui est ridicule ?

– Moi ! Moi… Tout ça, là.

Il me regardait, ahuri.

– Je le savais. Je n'aurais jamais dû venir vous voir. Excusez-moi. Je vais rentrer chez moi… Je vais vous laisser tranquille… Ça n'a aucun intérêt pour vous, je le vois bien.

Il se leva et reprit avec circonspection.

– Attendez. Calmez-vous. J'ai dit quelque chose qui vous a froissé ?

– Non, non, ce n'est pas ça. Mais je me sens bizarre, devant vous sur cette place déserte… je vous connais à peine, je suis en train de vous résumer un passage de ce manuscrit inachevé, en pleine rue… de vous embarquer dans une histoire d'échange passablement compliquée... de vous harceler avec ce personnage, alors que vous... Vous, vous êtes sur le point de vous suicider...

L'homme s'avança vers moi et me parla d'une voix amicale et protectrice.

— Allons, allons... reprenez-vous mon vieux. Continuez. C'est vraiment très bien ce que vous m'avez raconté. Ça m'a donné envie de connaître la suite. Allez...

— Oh, vous dites ça, mais...

Il me prit le manuscrit des mains.

— Non, non, je vous assure, dit-il en feuilletant rapidement les premières pages. Il ne faut pas vous mettre dans des états pareils. Tout cela est un peu confus, mais ce doit être l'émotion. Je vous assure que ça me plaît. Pourquoi vous mentirais-je, hein ?

— Pour arriver enfin à vous débarrasser de moi et de mes chimères.

— Mais non. Allez. Lisez. Lisez-moi un passage. Allez ! dit-il en me tendant la liasse de papier. Alors ? C'est quoi cette histoire d'échange ?

Je m'étais mis en retrait pour m'adosser au réverbère histoire de me calmer un peu.

— Vous savez, je suis un peu dépressif en ce moment, c'est pour ça. Je suis sensible au moindre truc. Je n'arrive plus à dormir, j'ai perdu l'appétit...

— Oui, mais ce doit être courant avec votre genre d'activité. Il n'y a peut-être pas de quoi s'inquiéter.

— Eh bien, chez moi, ça prend des proportions phénoménales.

L'homme retourna s'asseoir sur le banc. Il sortit des petites lunettes en demi-lune de la poche de son pardessus, les essuya délicatement avant de les mettre sur le bout de son nez. Puis il se mit à feuilleter dans le désordre. J'étais adossé au réverbère comme un pantin désarticulé et vide d'énergie. Tout en lisant des passages, il commença un nouvel interrogatoire sans lever une seule fois le nez. Je devinais son regard plissé au-dessus des petites lunettes qui surplombaient l'épaisse moustache sombre. La façon qu'il avait de mesurer mes réponses me donna la sensation d'entamer une nouvelle garde à vue en place publique version psychanalyse…

— Vous vivez seul ? me demanda-t-il avec un ton neutre de circonstance, tout en poursuivant sa lecture.

— Oui, lui dis-je dans un soupir.

Sans aucune réaction apparente, il continua à lire en silence. Une dizaine de secondes plus tard — et toujours sans lever le nez — il ajouta d'une façon toujours aussi neutre :

— Pas de femme ?

— Euh… non.

Mensonge. Il y en avait eu quelques-unes. Mais je préférais ne pas m'attarder sur ces deux ou trois expériences chaotiques qui n'auraient fait que compliquer les choses.

Il se remit à feuilleter, puis à lire quelques passages plus loin. Au bout d'un certain temps — et toujours sans décoller son visage de la liasse de papier —, il poursuivit sur le même ton neutre.

– Pas d'amis ?
– Non.

Il continua sa lecture scrupuleusement, pour s'interrompre encore une quinzaine de secondes plus tard.

– Vous ne connaissez personne par ici ?
– Non.

Comment aurais-je pu ? Je n'étais dans cette ville que depuis six mois et je ne sortais pratiquement pas de ma mansarde.

Il cessa sa lecture pour me regarder enfin.

– Mais dites-moi, c'est triste tout ça…
– Oh, je m'y suis habitué à la longue.

En fouineur consciencieux, il continua cette séance d'analyse en plein air en effectuant un méticuleux mouvement de va-et-vient : sautant d'une page à l'autre et du manuscrit à moi, il poursuivait son examen clinique sans réel état d'âme, arbitrant adroitement les croisements entre notre conversation hachée menu et sa lecture à géométrie variable. Au bout de quelques minutes d'un mutisme absolu pendant lequel il s'obstina sur un passage précis, il leva les yeux et me regarda par-dessus ses montures.

– Et personne n'a jamais lu ça ?
– Non. Vous êtes le premier.

Il se replongea dans la page pour continuer sa lecture pendant une bonne minute. Puis il referma le manuscrit d'un coup.

Il venait d'enlever ses petites lunettes bordées d'écaille dont il mordillait la monture et me regardait calmement. Le mouvement des mandibules en action faisait sensiblement tressaillir sa moustache comme celle d'un rongeur. Son œil vif et rond pointait son bleu pur dans ma direction avec insistance.

— Et vos romans ? Ça marche ? La vente, le succès… ?

Puisqu'il me mettait au pied du mur, il fallait bien lui dire la vérité.

— C'est-à-dire… euh en fait… c'est mon premier… Je n'ai pas osé vous le dire, mais je n'avais jamais rien écrit auparavant.

Il referma mon journal et le jeta sur le banc d'un geste leste. Puis il se leva pour effectuer quelques pas, donnant l'impression de se délasser un peu après une immobilité trop prolongée. Mon journal de bord était là, posé entre nous. Cette liasse de papier — parfaitement insignifiante pour tout autre péquin de passage — trônait au beau milieu du banc comme un symbole somptueusement mis en scène par la blancheur du réverbère.

— Intéressant, me dit-il en regardant cet objet devenu ô combien singulier ! Vous savez, je m'en doutais un peu quand même…

— Je sais ce que vous pensez. Vous vous dites que je ferais mieux de laisser tomber.

– Je n'ai jamais dit ça.
– Quand je pense que c'est à cause de vous que tout a commencé.
– Oui, à cause de moi…
– Le banc, vous, chaque jour, ça m'a tellement intrigué. Et puis c'est devenu un jeu. J'ai très vite remarqué votre exactitude dans les horaires. Je me suis mis à imaginer tout un scénario. J'ai fini par prendre des notes avec amusement. Au début, c'était juste quelques phrases à la sauvette, mais très vite c'est devenu des pages entières. Ça marchait tout seul, il me suffisait de vous observer. Vous étiez devenu un personnage avec sa vie propre.

L'homme était perdu dans ses pensées.
– Oui, oui, je vois…

J'eus droit à un nouveau silence pendant lequel il effectua un de ses nombreux parcours fléchés de son pas souple et silencieux, puis tout en me détaillant du regard au passage, il s'arrêta face au banc, pour fixer mon journal d'un air sceptique.
– Vous avez vraiment de la suite dans les idées pour un débutant…
– Oh, n'exagérons rien.
– En tout cas les quelques passages que j'ai pu survoler… Pour être franc, je ne m'attendais pas du tout à cela. Je vous prenais juste pour un emmerdeur. J'imagine qu'il y a des tas de types qui se prennent pour des auteurs, juste parce qu'ils ont réussi à pondre un petit truc, non ? Mais vous, j'ai l'impression que vous possédez un

certain style quand même. Et pourtant vous paraissez si vulnérable au premier abord…

— Ah, vous trouvez ?

— Cette espèce de naïveté… C'est surprenant ce contraste.

— Vous m'avez imposé une image tellement forte, je me suis laissé porter.

— Oui, oui, je vois parfaitement ce que vous voulez dire, dit-il avec un air de plus en plus lointain.

Le silence régnait à nouveau en maître. C'était un nouveau flottement dans la mécanique spatio-temporelle. Comme s'il ne pouvait plus rien se passer d'autre à cet instant précis.

— Alors, qu'est ce qu'on fait ? lui dis-je en m'extirpant de cette léthargie in extremis.

Il tourna la tête d'un coup, me regarda avec un sourire complice pour me parler avec la plus grande simplicité.

— J'aimerais le lire entièrement.

— Vraiment ?

— Oui, vraiment.

— Je n'imaginais pas que vous changeriez d'avis aussi vite.

— Vous voyez, vous avez eu raison d'insister.

— Eh bien… d'accord… lui dis-je avec une courtoisie un peu démesurée.

L'inconnu s'était approché de moi. Il avait posé la main sur mon épaule et me parlait sur un ton amical et décontracté.

— Je pourrais l'emporter chez moi afin de le lire tranquillement.

— Et on pourrait se retrouver demain !

— Demain ? me dit-il un peu gêné. Non, après-demain.

— Après-demain ?

— Demain, je ne pourrai pas.

— Alors... vous ne viendrez plus vous asseoir sur votre banc... comme chaque soir, à la même heure...

— Une affaire urgente. Vous imaginez bien ce que c'est, les responsabilités, les engagements... Remarquez, si vous ne pouvez pas attendre...

— Si, si ! Je disais ça... prenez-le.

Je m'étais empressé de récupérer le manuscrit pour le tendre à l'homme.

— Et maintenant, rentrez chez vous, me dit-il. Il faut absolument vous reposer un peu. Vous avez l'air à bout de nerfs. Je suggère que nous nous retrouvions sur ce banc, après-demain. Maintenant, il faut absolument que je parte.

— Vous ne pouvez pas savoir comme ça me touche. Mais il y a des choses que je peux encore remanier.

— Je ne sais pas, dit-il en feuilletant vaguement la liasse.

— Notamment en ce qui vous concerne.

Il s'arrêta subitement de feuilleter.

— Qu'est-ce que vous dites ?

— Enfin, je voulais dire votre personnage !

— Oui, c'est amusant, me dit-il sans sourire.

— Bon. Mais il reste encore un problème.
— Quel problème ?
— Pour la fin. Comment va-t-on faire ?
— Ah oui, la fin. J'avais oublié ça. Écoutez, on verra. On verra, ne vous tracassez pas pour ça. Il faut d'abord que j'aie toute l'histoire en tête. Que je me laisse imprégner par les situations…
— Oui, vous avez raison.
— Allez ! Après-demain, sur ce banc. Je suis désolé, mais là il faut vraiment que je parte.
— 19 h 15 ? dis-je avec un sourire complice.
— 19 h 15 ? Oui, évidemment.

3

23 h 30. Difficile de trouver le sommeil. Je déroule le film de cette soirée passée en grande partie dehors avec l'inconnu. Tout en trifouillant avec ma fourchette dans l'assiette de pâtes que je viens de me réchauffer, je l'imagine chez lui... Rien à voir avec l'univers très ordinaire de cette petite cuisine mansardée : l'homme est installé sur un large fauteuil en cuir, dans le confort bourgeois d'un salon stylé, un peu à l'anglaise pour mieux s'accommoder des moustaches et du reste, lisant mon journal de bord avec intérêt, les petites lunettes posées sur le bout du nez. Et pour parfaire ce tableau idyllique, peut-être a-t-il préalablement allumé un bon feu de cheminée ou s'est-il servi un de ces vieux Brandys hors d'âge...

Décidément, cet homme m'inspire ! Va-t-il me poursuivre opiniâtrement jusqu'au fond des enfers lorsque ma dernière heure sera venue ?

C'est bien possible. Car il n'est d'obsession que celle qui s'obstine, envers et contre tout.

À présent, mon assiette de pâtes est froide. Il aurait mieux valu manger pour se nourrir un peu, plutôt que de rêver à des mondes inaccessibles où personne ne se refuse rien ! À défaut d'un bon vieux Brandy de derrière les fagots, j'avale rapidement une gorgée de ce petit rosé aigrelet qui tiédit depuis plusieurs heures sur la table.

Petite tranche de philosophie nocturne en sirotant l'ultime gorgée de ce rosé pas frais : la réalité vaut-elle vraiment que l'on s'y attache ou que l'on s'y accroche ? Qu'a-t-elle de si remarquable pour que le rêve soit congédié à chaque fois qu'il pointe le bout de son nez ? Et dans le pourcentage des possibles, pourquoi serait-ce la réalité qui se taillerait obligatoirement la plus belle part du gâteau ? Oui, je sais : « on ne peut pas vivre uniquement dans l'imaginaire ! » Combien de fois m'a-t-on rebattu les oreilles avec ça pendant toute mon enfance... Ou alors : « Il faut savoir garder les pieds sur terre ! » Tout ce genre de petites phrases sorties tout droit d'un manuel à deux sous... Bon, décidément, ce vin est imbuvable.

Mon lit n'est pas très confortable, mais il a au moins un avantage. Il est placé juste sous la fenêtre de ma chambre. C'est un velux avec vue paradisiaque sur le ciel étoilé lorsque les nuages ne s'en mêlent pas. Idéal pour faire de jolis rêves. À condition de pouvoir s'endormir. Enfin, après-demain, il l'aura lu. Peut-être aura-t-il trouvé une idée pour la fin, qui sait ?

L'heure tourne et je n'arrive toujours pas à fermer l'œil. Allez… Un dernier regard discret vers l'extérieur pour vérifier. Comme un guetteur. Non, quand même, je ne vais pas me relever ! Ça ne ferait que la troisième fois. Et pourquoi serait-il revenu à cette heure-ci ? Cela n'aurait absolument aucun sens. Il est deux heures du matin ! Bon, alors juste un petit coup d'œil fugace pour m'assurer du contraire : oui, le banc est bien vide. La place aussi. C'est bizarre d'ailleurs : toute la soirée, la place était déserte. Comme s'ils avaient tous été au courant de notre rencontre. Comme si tout le monde s'était passé le mot discrètement. Peu probable, quand même…

À présent, les petites lumières d'en face se font plus rares. Ici, les gens ne refont pas le monde. Pas plus au bistrot que dans leur tête. Non, ici on respecte les horaires, on respecte les lois et on évite de choquer la bien-pensance. Les dernières petites loupiotes s'éteignent sur les façades qui bordent la place, pratiquement à l'unisson : indubitable entente cordiale ! « C'est la nuit, la grande la belle[1] », comme dit la chanson.

---

[1] C'est la nuit — Michel Jonasz, Filipacchi music 1981

8 h 30. Non, aujourd'hui mon journal de bord ne trône pas sur la table au milieu des cadavres de bouteilles vides et des restes de nourriture, avec cette sorte d'impertinence et d'impudeur habituelles, comme pour me narguer... C'est bien la première fois depuis quelques mois. Aujourd'hui, ce n'est pas non plus un jour comme les autres avec son lot de petites habitudes et de rituels obsédants. Non, aujourd'hui, il faut se lever dans un tout autre état d'esprit. Première chose quand même : jeter un rapide coup d'œil en bas. Il y a des habitudes qu'on ne doit pas bousculer du jour au lendemain avec nonchalance, ça pourrait porter malheur. Surprise ! Après le no man's land inexplicable de la veille, quelques habitants du cru déambulent à nouveau sur le pavé. Preuve qu'ils sont tout de même coriaces derrière leurs faux airs de vrais morts-vivants. Non, je ne dénigre pas. C'est comme ça que je vois les choses. Ici, « la vie passe le plus clair de son temps à compter les minutes qui filent [2] » nous dit encore la chanson... J'ajoute que le dernier quart est exclusivement réservé aux potins ménagers et aux affaires juteuses entre notables.

Ce n'est pas pour rien qu'il m'avait fallu trouver rapidement au cœur de cette cité un refuge digne de ce nom : suffisamment haut perché pour bénéficier d'un point de vue concentrique ; avec le

---

[2] V'la le soleil qui se lève — Michel Jonasz, Filipacchi music 1981

recul nécessaire à une juste anticipation en cas de coup dur ou en cas de force majeure.

Mais si j'avais été pointilleux sur le choix du logis, pour la ville elle-même, j'avais joué à l'apprenti sorcier. Tout avait commencé par un jeu idiot : on étale une carte routière sur la table, on ferme les yeux et on pose son doigt au hasard... une fois posé, rien ne va plus, les jeux sont faits ! Ce coup de roulette russe aurait pu me parachuter au cœur d'un grand centre urbain, culturel, animé, foisonnant... Mais non. En soulevant mon index, j'avais déniché un endroit presque invisible à l'œil nu. Et en y regardant de plus près, cette minuscule agglomération désignée par le doigt de Dieu avait tout d'une petite crotte de mouche collée là par inadvertance. Mais bon, dans ce jeu de dés nonchalant et provocateur, le hasard en avait décidé ainsi, aussi m'avait-il fallu suivre ma destinée sans rechigner et mettre en pratique mon sens inné de l'organisation : itinéraire et kilométrage, mode de transport, sans oublier le plus important : l'épluchage des annonces locales de la crotte en question afin d'y trouver un toit. Et contre toute attente, cette loterie avait été des plus chanceuses, car ma « tour d'ivoire » était avantageusement encadrée en tête de liste de la première colonne du journal.

L'annonce stipulait « petit meublé propre et calme, 4ème avec vue sur la place, loyer modéré, conviendrait à personne seule, sans animaux ni enfants. » Descriptif on ne peut plus clair. L'appartement serait libre au début du mois. Cela m'avait laissé le temps d'expédier mes affaires courantes, après quoi j'avais pu m'envoler vers ce nouvel horizon prometteur en laissant volontiers derrière moi la grisaille et la foule.

La très pittoresque et désertique petite gare d'*Arabesqueville-la-bras-long* m'avait ainsi généreusement ouvert ses bras par un matin de printemps où l'air frais mêlait l'effluve de la vieille Micheline au parfum d'un bitume vitrifié par la pluie. Il était 5 h 30. Un taxi faisait déjà le pied de grue à l'angle du bâtiment. Étant l'unique péquin à cette heure presque nocturne, le chauffeur était venu vers moi sans hésitation, le mégot au coin de la bouche et la casquette vissée sur le crâne. Il s'était arrêté face à moi comme si ce rendez-vous avait été programmé à l'avance. « Comment trouvez-vous que j'vous trouv ? » m'avait lancé l'homme en guise de salutation avec un accent normand à couper au couteau. Subjugué par cet idiome quasi extraterrestre et ne sachant au demeurant « trouver » ni qui, ni quoi, ni comment, j'avais répondu bêtement dans la foulée : « Vous êtes libre ? » Face à cette formule parfaitement adéquate, le chauffeur avait acquiescé d'un mouvement de tête dirigé vers son taxi en mâchouillant du bout des lèvres : « Ça s'pourrait ben, à c't'heure ! » Sur quoi il avait jeté mon barda dans le coffre de sa DS et m'avait ouvert la porte afin que je m'installe confortablement sur la banquette arrière. L'assise moelleuse m'avait avalé à moitié et il s'en fallut de peu qu'elle ne m'engloutisse entièrement. Par bonheur le rembourrage improvisé qu'offrait une épaisse couverture aux parfums mélangés avait stoppé cet enlisement vertigineux. « Y va où ? » m'avait-il demandé en me dévisageant du haut de son rétroviseur. « Euh... au centre » lui avais-je répondu à mi-voix en tentant de m'extirper de l'habitacle arrière qui m'avait aspiré au plus bas. Installé presque au ras du plancher, j'avais pu découvrir les premières façades à la façon d'un bambin de dix ans bercé par la voiture familiale. La vieille Citroën avait démarré en douceur, avec un côté poussif — boîte automatique oblige — et après quelques virages d'une mollesse étonnamment maîtrisée, elle m'avait déposé quelques pâtés de maisons plus loin, dans un coup de frein monté sur ressorts. Le chauffeur avait encaissé son dû sans un mot, m'avait salué d'un glissement rapide des doigts sur le rebord du couvre-chef, avait démarré sur le même mode suspensif qu'à la gare et avait disparu derrière le coin de l'immeuble dans un nuage vaporeux. Le premier contact avec les autochtones avait été net et précis, sans aucun rond de jambe, dans la plus pure tradition régionale. Il m'avait apporté d'emblée dans son sillage le reflet avant-coureur de la « loi du milieu ».

Mais je n'étais pas reparti en courant et j'avais investi l'endroit sans broncher, fidèle au jeu du hasard et à ma promesse de lendemains nouveaux. Une fois casé dans ma tour, tout le reste avait été pour moi une suite logique, un mécanisme naturel, un enchaînement mathématique : tout voir, tout entendre, mais ne rien faire et ne rien dire. Du moins tant que les moyens d'assurer ma subsistance seraient encore suffisants. Après quoi, il me faudrait forcément reprendre mon baluchon et quitter ce dernier bastion de la ruralité puritaine, véritable petit havre de paix ignoré du monde, totalement épargné des vicissitudes de la civilisation contemporaine et quasi inexistant sur les cartes.

Six mois s'étaient écoulés depuis cette arrivée triomphale sur le quai de la petite gare et mes rêves d'ouverture sur le monde n'avaient guère progressé depuis. Mais il n'était pas question de mettre un terme à mon séjour pour autant. Car pour l'instant j'avais encore à faire ici : un rendez-vous « de la plus haute importance » devait avoir lieu le lendemain sur le petit banc de bois blanc, quatre étages plus bas. C'est cela qui allait forcément décider de la suite. Je comptais m'y rendre avec les meilleures intentions en poche et en ayant mis toutes les chances de mon côté.

Cette journée intermédiaire se déroula sans anicroche. Je n'avais rien de spécial à faire, en tout cas pas plus que d'habitude. À 19 h 15, le banc m'avait semblé non pas vide, mais en attente, comme moi. Rien à voir avec ce fameux jour où l'homme avait brusquement disparu en mettant le feu aux poudres. Non, pendant cette journée, la tension ne fut pas du tout la même. Nous étions simplement « entre parenthèses ». De son côté, l'élégant P.-D.G. expédiait son affaire urgente et au vu de ses responsabilités je ne pouvais pas lui en vouloir de nous abandonner un peu — si je dis « nous » c'est parce que le banc et moi formions une véritable équipe soudée ce jour-là. De mon côté, les pensées vagabondaient avec nonchalance, sans but précis. La matinée et l'après-midi se déroulèrent donc assez rapidement et sans aucun problème.

C'est pendant la soirée que cette ambiance détendue vira un peu au rouge. Mes élucubrations s'étaient peu à peu assombries au fil des heures sous l'influence de sentiments obscurs et contrariants. Ils avaient débarqué sans prévenir avec la tombée du soir. Ma cervelle était en ébullition et mon moral suspendu à un fil comme un véritable yoyo : quand il était en haut, tout allait bien et je pouvais profiter pleinement de vrais moments d'enthousiasme. Je me déroulais alors le film de cette curieuse aventure romanesque avec bonheur, humour et insouciance, en me réjouissant d'aller retrouver le moustachu le lendemain soir. Mais lorsque le yoyo était en bas, tout allait au plus mal : j'éprouvais un profond malaise, doublé d'un total et soudain désintérêt pour toute cette histoire. Du coup, plus rien n'avait d'importance.

Ma triste condition de plumitif obsessionnel en prenait pour son grade, tandis que ma raison m'infligeait des volées de bois vert. Dans ces passages à vide où le yoyo faisait du rase-mottes, je n'avais plus qu'une envie : oublier une fois pour toutes ce banal inconnu — qui dans la foulée perdait son statut d'élégant danseur à moustache — et déguerpir au plus vite sans demander mon reste. Ce yoyo infernal m'avait tarabusté une bonne partie de la soirée. Et de dégringolades en ascensions, j'avais eu l'occasion de refaire le monde à plusieurs reprises.

Dans l'enchaînement, la nuit qui suivit fut elle aussi extrêmement mouvementée. Je flottai dans une sorte de semi-conscience avec son cortège de sentiments contradictoires, de réflexions confuses et de remises en question expéditives. Au bout de plusieurs heures de ce combat intérieur fiévreux, le sommeil me gagna sans prévenir. Par bonheur, cette petite tranche de vie apaisante dans les bras de Morphée ne me lâcha plus jusqu'à l'aube...

La toilette fut excessive en ce matin d'automne exceptionnellement ensoleillé. Tout y passa : la barbe fut rasée de près, les cheveux réorganisés de manière inventive, les ongles brossés au plus juste. Jusque dans l'habillement, le nouveau jeune homme qui venait d'éclore au cours de cette nuit chaotique avait fait peau neuve. Je m'apprêtais donc à honorer fièrement et justement ce rendez-vous décisif, attendant l'heure une fois de plus, patiemment assis à ma table, costumé et cravaté avec soin, au point qu'il me parut tout à coup ne plus du tout ressembler à celui que j'étais : m'étant mis debout devant mon miroir, j'eus subitement l'impression d'une mascarade de très mauvais goût, entièrement générée par l'anxiété, le doute et le besoin de séduction. Erreur monumentale ! Il fallait corriger le tir au plus vite. Il fallait être au plus près de ses sensations. Au plus juste de sa perception. Au plus vrai de sa nature.

L'après-midi fut rythmé par un sandwich au jambon légèrement faisandé, une série de cafés plus turcs que nature, de multiples coups d'œil répétés vers la place en bas, et tout un lot de petits parcours nerveux du lit à l'armoire, de l'armoire au lit, avec variantes évier-fenêtre, fenêtre-table, table-armoire. Fort de cette nuit qui ne m'avait pas porté conseil, j'avais usé mes semelles autant que mes méninges jusqu'à 18 h 45, et j'étais descendu en avance par crainte d'être en retard. Moi qui n'avais jamais manqué une seule fois l'homme sur son banc, c'eut été éminemment grandiose si cette fois-là j'avais loupé le coche. J'eus donc le temps de faire quelques pas pour me détendre un peu. Durant cette journée, le soleil avait brillé sans retenue, comme s'il avait été volontairement de la partie. À présent, ses derniers rayons éclaireraient la place en douceur, annonçant la tombée du soir. Je me sentais quand même plus à l'aise dans mes « vrais vêtements » malgré leur état d'usure avancée, car j'étais propre, je sentais bon, et j'avais la mine d'un jeune homme un peu fatigué, mais tout à fait respectable. Le port du jean me rendait plus décontracté, voilà tout. L'accès de délire vestimentaire du matin était très vite retourné dans son placard pour y rester bien rangé jusqu'à nouvel ordre. Chose inhabituelle, les quelques passants me parurent très courtois. Je devais dégager un air de béatitude auquel personne n'aurait voulu opposer la moindre morosité. Je me rapprochais du banc, de même que je me rapprochais du gong : il était 19 h et l'homme n'allait pas tarder. J'avais décidé de m'asseoir histoire d'entamer « les festivités » un peu avant l'heure, du moins déjà dans ma tête. L'anxiété commençait à se faire sentir et mes battements cardiaques accéléraient la cadence. Une passante, femme élégante et assez belle d'une cinquantaine d'années, s'était arrêtée plus loin, un peu derrière. Peut-être attendait-elle aussi, car deux hommes en costumes arrivaient sur la place, plus loin, et marchaient dans sa direction. Peut-être le mari, peut-être l'amant… Ou les deux à la fois, pour déroger à la règle et pimenter la chose ! Quoi qu'il en soit, c'était une jolie rousse aux cheveux flamboyants et à la silhouette fine et racée. Elle s'était vêtue avec cette subtilité féminine pleine de lucidité qui sait parfaitement mettre en valeur les atouts corporels sans tapage excessif. Mais je ne pouvais pas voir ses yeux, abrités pudiquement derrière de grandes lunettes noires.

J'attendais avec une impatience grandissante et l'homme n'arrivait toujours pas. Mais il n'était pas encore 19 h 15 : il n'y avait donc aucune raison de s'inquiéter. Les faux maris et les faux amants terminaient de traverser la place et nous dépassaient pour continuer leur course agitée en laissant la belle inconnue plantée là. Dommage pour la petite histoire ! Mais pendant que je divaguais sur la double vie imaginaire de cette amoureuse esseulée, elle s'approcha un peu comme pour mieux voir à l'horizon. Elle se tenait debout, juste derrière le banc. À l'abri de ses lunettes sombres, elle semblait scruter vers les maisons à tourelles en face.

– Bonjour, me dit-elle d'une voix sensuelle qui résonna juste au-dessus de ma tête.

Surpris, je lui répondis avec politesse en me retournant.

– Bonjour.

Étant assis et elle debout, je la voyais un peu d'en dessous, ce qui ne manqua pas d'accentuer le délicieux galbe de ses seins rondement dessinés sous sa veste moulante. Elle était très séduisante avec ce grand foulard couvrant l'arrière de sa chevelure et tombant dans un plissé élégant sur le haut de son dos. Avec ses lunettes noires en forme d'amande, elle me faisait penser à ces actrices américaines des années cinquante. Peut-être avait-elle aussi garé sa rutilante Cadillac décapotable derrière le pâté de maisons ? Allez savoir…

Nous ne disions rien et évitions tous deux le moindre mouvement malgré cette proximité troublante qui devait nous faire paraître intimement complices, vu de l'extérieur. Mais ce silence entre nous avait tout du mensonge par omission, tant elle s'appliquait à regarder au loin et par-dessus mon épaule, tant je feignais de l'ignorer savamment pour ne pas être équivoque. Au bout de quelques tours de notre discret manège et tout en restant le visage tendu vers l'horizon, elle me demanda avec assurance :

— Je peux savoir ce que vous faites là, tout seul, sur ce banc ?

J'aurais pu me liquéfier sur place si le véritable enjeu de ma présence ici n'avait pas immédiatement repris le dessus.

— Euh… eh bien, j'attends quelqu'un.

Il y eut un silence.

— Un ami. Oui… un véritable ami, ajoutai-je avec une pointe de fierté.

— Je vois, dit-elle avec déception, tout en continuant à laisser flotter son visage en direction des façades, à l'autre bout.

Peut-être avais-je loupé une belle occasion de me taire, car ma réponse coupait court à toute autre éventualité entre nous, à en juger sa réaction. À ma grande surprise, elle contourna le banc pour venir se planter juste en face de moi.

— Vous permettez ? me dit-elle du haut de ses jambes fuselées.

Face à ce défi fulgurant, je m'étais rapidement poussé pour lui faire de la place et elle s'était assise avec élégance. Avec un délicat réajustement de jupe adroitement manœuvré, elle avait croisé ses jambes dans un léger bruissement de bas.

Je fus littéralement saisi. Comment mes sens pourraient-ils résister à cette volupté féminine qui rayonnait avec un naturel aussi époustouflant ! Je n'avais ni l'expérience ni l'assurance pour assumer ce genre de situation, encore moins avec une femme si joliment mûre. Et jusqu'à présent, mes aventures sentimentales s'étaient trop souvent soldées par de belles déconvenues. Décidément, ce n'était pas un jour comme les autres. D'un côté, cette jolie rousse m'envoûtait par sa présence troublante ; de l'autre, l'élégant moustachu allait arriver sur le champ avec mon journal de bord sous le bras ; et d'un troisième côté si je puis dire, cette aventure littéraire me paraissait rocambolesque au point de n'être plus du tout sûr de vouloir la poursuivre. Il allait falloir être très au-dessus de mes capacités habituelles pour faire face à ce flot d'émotions et d'incertitudes.

Mais je compris très vite à quel point j'avais mal mesuré les choses : la belle inconnue ne s'était pas assise là par désœuvrement et encore moins pour mes beaux yeux.

Elle me parla à nouveau de sa voix sensuelle.

– Vous aviez rendez-vous à 19 h 15. C'est bien ça ?

– Euh... eh bien... oui ! dis-je ébahi.

— Il ne viendra pas, me dit-elle sans attendre.
— Comment ?

Elle se pencha vers moi et tout en abaissant ses lunettes noires, elle me laissa découvrir ses magnifiques yeux verts.

— Je suis venue vous dire qu'il ne viendra pas.

La situation venait de prendre une autre tournure et mes égarements pour cette femme séduisante commençaient à voler en éclats.

— Mais… qui êtes-vous ?
— Peu importe, dit-elle. Quel toupet.
— Comment ?
— Il vous a mené en bateau. Ça ne m'étonne pas de lui.
— Quoi ? Qu'est-ce que vous dites ?
— J'ai l'impression qu'il vous a ensorcelé.
— Mais… de quoi parlez-vous ?
— De l'homme que vous attendez.
— Je ne comprends pas. Vous le connaissez ? Vous savez où il se trouve ?
— Oui, je le connais bien. À l'heure qu'il est, j'imagine qu'il est en train de faire des courbettes à tout le gratin, à cinq mille kilomètres d'ici…
— Cinq mille kilomètres ? On devait se retrouver sur ce banc à 19 h 15. On ne doit pas parler du même.
— Si, nous parlons bien du même. Il vient s'asseoir là chaque jour depuis des mois. Je suis au courant de cette curieuse habitude. J'étais sa compagne, c'est dire si je connais le bonhomme… Il

ne vous a vraiment rien dit ? C'est encore pire que ce que j'avais imaginé…

— Mais expliquez-vous à la fin ! lui dis-je avec hargne.

J'avais interrompu cet échange en lui opposant une fougue un peu trop démesurée. Il y eut un nouveau silence. Après coup, elle me regarda enfin. Ses yeux dégageaient de la douceur, mais aussi une grande tristesse. Quelques taches de rousseur pigmentaient avec fantaisie le haut de ses joues. Cela ne parvenait malheureusement pas à égayer l'expression mélancolique et touchante qui émanait d'elle.

— Alors c'est vous « le romancier », l'auteur de *l'homme au journal*…

— Eh bien… euh… oui, c'est moi.

— C'est drôle, je vous voyais un peu plus âgé, dit-elle avec un sourire un peu forcé.

— Il vous a parlé de moi ?

— Non, rassurez-vous.

— Je ne comprends pas.

Je m'étais calmé, car sa voix tendre m'y invitait amplement.

— L'homme que vous attendez s'appelle Alexandre Valine.

— C'est possible, et alors ? Il ne m'a pas dit comment il s'appelait. Peu importe d'ailleurs.

— Et vous n'avez jamais entendu ce nom-là ?

— Non. Pourquoi ?

— Parce que c'est un écrivain très connu, dit-elle dans un soupir. Plusieurs prix internationaux de littérature.

— Quoi !

J'étais abasourdi : il y eut une sorte de ralenti dans ma tête, et pendant cet effet hallucinatoire, toute la bobine du film de « l'homme-sur-le-banc » défila dans tous les sens.

— Je comprends votre désarroi, me dit-elle avec un air désolé.

J'étais pris d'une sensation d'égarement digne des drogues les plus puissantes.

— Écrivain ? Mais pourquoi m'a-t-il fait croire qu'il n'y connaissait rien ?

— Vous vous êtes fait embobiner. C'est un auteur à succès. Il a déjà publié trente-deux romans, dit-elle en détournant son regard du mien, un peu gênée.

— Trente-deux romans…

— Avec le vôtre, ça pourrait bien faire trente-trois, ajouta-t-elle avec amertume.

— Comment ça, le mien ?

— *L'homme au journal*, votre manuscrit.

— Mais attendez… mon roman va être publié ?

— Oui. Probablement, très bientôt.

J'étais époustouflé par cette nouvelle. Je fis quelques pas, pendant qu'elle m'observait en silence. Peut-être étais-je même en train d'utiliser un des nombreux parcours fléchés du danseur à moustache, malgré moi…

— Mais pourquoi ne m'a-t-il rien dit ? Et surtout pourquoi m'a-t-il menti ? lui dis-je avec un sourire insouciant.

— Parce que s'il publie votre manuscrit, il fera croire que c'est lui qui en est l'auteur…

Cette accusation m'arrêta net dans ma déambulation.

— Mais c'est *moi* qui ai écrit *l'homme au journal*… !

— Bien sûr que c'est vous. Je n'ai absolument aucun doute là-dessus. C'est plutôt l'inverse qui m'aurait étonné : Alexandre Valine n'a jamais rien écrit de toute sa vie. Et pourtant, en trente ans, il s'est taillé une très belle réputation d'auteur à succès, il a vendu je ne sais combien de millions d'exemplaires à travers le monde. Et tout ça, sans jamais écrire une seule ligne.

— Mais… qu'êtes-vous en train de me dire ?

Elle se leva et s'approcha de moi.

— Dernièrement, il s'est retrouvé dans une situation plutôt embarrassante. Une histoire d'argent avec son éditeur. Une très grosse somme. Une avance si vous préférez, pour son prochain roman. Le problème c'est qu'il n'a plus de nègre pour écrire… Panne d'inspiration subite !

— De nègre ?

— Oui, un « nègre » pour écrire à sa place et pour honorer son contrat, comme à chaque fois. Il aurait fallu un autre nègre pour devenir le nègre du premier, enfin là… il a trouvé beaucoup mieux comme solution.

— Arrêtez de vous moquer de moi ! Ça suffit !

— Ne vous mettez pas dans un état pareil, ça ne changera rien.

— Et pourquoi ferait-il ça justement avec *mon* manuscrit ?

— Parce que votre roman lui a plu. C'est la seule consolation que vous ayez.

— Vous vous trompez certainement sur son compte. Je ne vois pas l'intérêt qu'il aurait à faire ce genre de chose. Surtout en ce moment et surtout avec ce manuscrit...

— Je le connais mieux que personne. Votre roman l'a touché en plein cœur, dit-elle avec émotion.

— Ah bon ?

— Vous n'imaginez pas à quel point.

Elle s'était approchée et se tenait devant moi. J'étais touché. Elle s'avança encore plus près, plongeant ses beaux yeux verts dans les miens. Sa bouche me parut subitement dangereusement accessible et tandis qu'elle effleurait ma main du bout de ses doigts elle ajouta dans un murmure :

— Mais nous n'allons pas le laisser faire.

Je n'étais pas certain de ce que je devais comprendre.

— « Nous » ? lui dis-je en m'écartant d'elle.

Elle se ressaisit tout à coup :

— Pourquoi croyez-vous que je sois venue jusqu'ici ? Pour vous tenir compagnie ? D'abord, vous n'êtes pas mon genre, et ensuite, j'ai peut-être trouvé une occasion pour me venger de ce qu'il m'a fait. Il ne faudrait pas laisser passer ça...

Dans ce brusque changement d'attitude, elle avait laissé transparaître ouvertement sa blessure. Sa voix avait pris une tout autre couleur et la manière dont elle s'était assise sur le banc avait perdu de son raffinement. En tout cas, à présent je savais exactement pourquoi elle était là et mes transports amoureux pour la belle inconnue pouvaient s'effondrer définitivement, comme un château de cartes.

— Alors ce n'était que des mensonges… Des mensonges calculés… C'est ça ?

— Alexandre a toujours mené une double vie.

— C'est vous qui êtes en train de me faire marcher ! lui dis-je, provocant.

— Non, je n'ai pas envie de vous faire marcher, moi, répondit-elle avec douceur.

— Vous savez… c'est moi qui l'ai abordé. C'est moi qui ai insisté pour qu'il lise mon journal… Même si en fin de compte il a fini par accepter. C'était certainement juste pour me faire plaisir, je l'avais tellement harcelé avec cette histoire. Quand j'y pense, c'était ridicule de ma part.

— Oui, peut-être. Mais ça lui a donné des idées. Vous ne pouviez pas savoir.

— Mais non ! Pourquoi dites-vous ça ? Bon, qu'il soit écrivain, c'est possible. Il a dû me le cacher pour ne pas m'influencer ou m'impressionner, c'est normal. Mais en tout cas, quoi qu'il en soit, je peux vous dire qu'il était au bout du rouleau, il semblait vraiment désespéré.

— Oui, ça, je peux le comprendre, vu la situation dans laquelle il se trouvait.

— Eh bien justement. Mais finalement, nous avons parlé tous les deux. Ça n'a certainement pas été facile pour lui, mais il a fini par se confier.

Elle se leva tout à coup, et me dit avec un air troublé :

— Se confier ? Ça m'étonnerait. Ce n'est pas son style, ni son intérêt.

— Et pourtant il m'a tout raconté à propos de son problème de mémoire. J'étais même prêt à l'aider. On ne peut quand même pas laisser quelqu'un comme ça.

Elle resta un court instant dans l'expectative.

— Quel problème de mémoire ? Ce n'est pas ce que j'ai voulu dire…

— Vous savez très bien de quoi je parle.

— Alors là, je ne vois vraiment pas.

— N'essayez pas de m'embrouiller. Votre mari est sur le point de se suicider.

— Attendez… ce n'est pas vrai… il vous a raconté ça ? La perte de mémoire… le procès… le suicide…

— Quoi ? Vous allez me dire que ça aussi c'était des mensonges ? Et pourquoi je vous croirais vous, et pas lui ?

— Parce que cette histoire je la connais par cœur, dit-elle calmement. C'est le scénario de son tout dernier roman, *l'Amnésique*. Il a fait un tabac avec ce bouquin. Évidemment, ça non plus, ce n'est pas lui qui l'a écrit.

— Ah d'accord…

Cette révélation venait de m'envoyer littéralement au tapis. Je me sentais tellement floué que je n'osais même plus la regarder.

— Et… qui a écrit ça ? lui dis-je avec un regard fuyant.

— C'est moi, me dit-elle d'une voix émue.

— Vous ?

— Oui, c'est moi. Comme tous ses autres romans. J'ai été son nègre pendant plus de vingt-cinq ans. J'ai vécu dans son ombre, incognito. Mais là, il a été trop loin.

J'étais sous le choc.

— Incognito ? Mais… pourquoi ? Je ne vois pas l'intérêt.

— Ça ne m'a jamais posé de problème. J'adore écrire, mais je ne recherche pas la gloire.

— Mais enfin quand même… Ce n'est pas une raison.

— Tout cela va certainement vous surprendre, mais je vivais heureuse et j'écrivais pour lui. Une sorte d'amour sans faille, sans limites. Une véritable source d'inspiration. Alexandre me soutenait, m'encourageait. Il était très amoureux, vous savez… Et moi j'écrivais de plus belle. En fait, cette situation nous stimulait. Lui, il a toujours eu besoin de notoriété ; l'image publique, la reconnaissance, tout ce genre de choses…

— Il n'avait pas l'air quand je l'ai abordé.

— Évidemment. Au début, il a dû se méfier. Mais dès que vous lui avez parlé de roman, ça a dû le titiller. L'idée a dû germer peu à peu. Il voulait certainement d'abord savoir ce que vous aviez dans le ventre. Alexandre a une très haute idée de lui-même. Entre nous c'était différent : il me disait qu'il faisait ça pour moi parce que j'en avais horreur. Effectivement, moi je n'aurais jamais fait la moindre démarche pour tenter de faire connaître mes romans. Vous savez, c'est parfois bien plus facile d'écrire que de se vendre. C'est comme ça que nous avons échangé les rôles. Officiellement, c'était lui l'auteur. Et personne ne s'est jamais douté qu'Alexandre Valine était une femme. Même pas son éditeur.

Nos romans se vendaient de mieux en mieux. Bref, le succès comme on dit. Mais petit à petit, les choses ont évolué. Il s'est laissé prendre à un jeu très pervers. Il devenait de plus en plus exigeant. Il fallait que je sois toujours plus inspirée afin d'être réellement à la hauteur de « sa réputation », comme il disait. Les voyages, les conférences de presse, les rencontres, les impératifs d'organisation… Tout prenait une importance démesurée. Il y avait un horrible dérapage et je ne savais pas comment réagir. J'avais trop peur de le perdre. Et puis j'ai commencé à avoir du mal à écrire. Et j'ai refusé d'écrire son dernier roman. Je savais que tout cela nous menait dans une impasse, ces derniers temps notre relation avait tellement changé, il était de plus en plus souvent absent. Je me sentais abandonnée, trahie. Et lui, il se retrouvait coincé pour la première fois de sa vie. C'est là qu'il vous a rencontré. Vous tombiez à pic. Et puis hier…

— Hier ?

— J'ai eu droit au dessert…

— Au dessert ?

— Il m'a quittée ! me dit-elle avec évidence. Il est parti avec une jeune femme qui aurait pu être sa fille. Cela faisait plus d'un an qu'ils avaient cette liaison. Et moi je n'ai rien vu, rien su. Enfin… je m'étais mis des œillères. Disparu, envolé. En un coup de gomme. Comment voulez-vous que j'aie encore envie d'écrire à présent ? C'est à peu près la seule chose qui aurait pu me rester…

— Alors c'était ça l'affaire urgente dont il m'a parlé… Et moi je me suis laissé avoir par son baratin une fois de plus…

— Il a dû se décider très vite pour votre manuscrit, avec discernement, comme une petite fourmi besogneuse. C'est quelqu'un de très méticuleux. Et voilà. D'une pierre deux coups. Moi j'étais aveuglée par l'amour.

Elle s'arrêta et me regarda avec tristesse.

— Vous n'avez jamais été amoureux ?

— Si, euh… une fois, il y a longtemps. Mais la fille m'a quitté au bout de trois mois. Ça n'a vraiment aucun intérêt de parler de ça maintenant.

— Vous n'avez rien fait pour la retenir ?

— Oui, j'ai essayé. Mais ce fut l'échec total.

— Vous ne l'aimiez pas assez, c'est pour ça ?

— J'étais vraiment très jeune.

— Quand j'ai rencontré Alexandre, j'étais aussi très jeune. À l'époque, j'aurais pu ramper à ses pieds, le suivre à genoux s'il avait fallu. Maintenant, je ne pourrais plus le faire.

— C'est normal, ce n'est pas de l'amour, ça.

— Qu'est-ce que vous y connaissez à l'amour, vous ?

— En tout cas, vous vous êtes complètement trompée.

— Non, je ne me suis pas trompée ! C'est lui qui s'est trompé ! Il finira par s'en rendre compte tôt au tard...

Je m'étais approché d'elle.

— Et qu'allez-vous faire maintenant ?

— Je ne sais pas. Cela dépendra certainement de vous.

— De moi ?

— Oui. De ce que vous comptez faire pour votre roman.

— De ce que je compte faire ? Oh, mais rien du tout. Absolument rien.

— Vous êtes sérieux ?

— Je m'en fiche complètement si vous voulez savoir. Ça n'a plus aucune espèce d'importance maintenant.

— Mais pourquoi dites-vous ça, c'est idiot...

— Vu ce que je viens d'apprendre... Et puis ça fait deux jours que j'y réfléchis. C'est devenu une véritable obsession. Ça me ronge de l'intérieur. Cette nuit, j'ai vécu un véritable enfer. D'une façon ou d'une autre, il fallait vraiment que cette histoire s'arrête. C'est ce que j'avais l'intention de dire à votre mari s'il était venu aujourd'hui, vous voyez…

— Allons, calmez-vous…

— Je suis parfaitement calme. Je crois même que je n'ai jamais été aussi calme. Ça fait du bien. Vous ne pouvez pas savoir à quel point. Ça faisait longtemps que ça ne m'était pas arrivé.

— Ah bon. Je ne m'attendais pas du tout à ça. C'est vraiment dommage.

— N'allez surtout pas croire que c'est dans mes habitudes d'écrire des histoires avec tout ce que j'observe. Non, là, c'est comme s'il m'était poussé des ailes. Entre-temps j'ai réfléchi. La réalité a repris le dessus. Finalement, je suis comme tout le monde, vous savez, tout ça n'aura été qu'un rêve de plus.

— Mais c'est bien de vouloir vivre ses rêves. Sinon ça ne vaut pas le coup.

— C'est drôle quand même, mais avec un peu de recul, tout cela me paraît dérisoire.

— Oui, je connais ça. Lorsqu'on écrit, on s'enflamme vite. Tout semble clair et limpide. Mais après coup, on peut se demander quel est l'intérêt de tout ça. Surtout pour les autres. Si vous saviez le nombre de romans que j'ai voulu jeter au panier. Heureusement, Alexandre était là pour m'en dissuader.

— Eh bien, si votre mari publie mon manuscrit, ça aura au moins servi à quelque chose que je l'écrive. De toute façon, il n'était même pas terminé. Alors que voudriez-vous qu'il en fasse ?

— Vous avez tort de vous dénigrer comme ça. C'est magnifique d'être inspiré, même si on n'écrit pas des chefs-d'œuvre. Et puis, pour vous dire la vérité, je trouve que c'est vraiment très bien ce que vous écrivez. Alexandre ne s'est pas trompé là-dessus. Lorsque j'ai terminé de lire votre manuscrit, j'ai compris pourquoi ça l'avait tellement touché. Cette histoire d'échange…

— Mais… vous l'avez lu ?

— Oui. Je l'ai lu.

— Donc, il vous en a parlé…

— Non. Il ne fallait surtout pas qu'il m'en parle. Hier, il est rentré tard, il avait l'air préoccupé. Quelque chose d'important était en train de se passer. Il n'a rien voulu me dire. Il est allé directement dans son bureau et s'y est enfermé pendant plusieurs heures. J'étais déboussolée : le matin même j'avais surpris une conversation au téléphone avec cette… jeune femme. Mais je n'ai rien dit. J'ai fait semblant de ne pas savoir. J'ai entendu qu'il lui parlait d'un rendez-vous sur le banc devant la petite place, à 19 h 15, avec un jeune homme, au sujet d'un manuscrit. Et puis il est sorti faire une course, soi-disant. Là, j'en ai profité pour fouiller dans ses affaires. Je n'avais jamais fait ça auparavant. Je suis tombée sur une copie de *l'homme au journal*. Je n'ai pas eu besoin de chercher, elle était posée presque en évidence.

Elle se leva avec hargne.

— Personne d'autre n'avait jamais écrit pour lui ! C'était moi ! Vous comprenez ! C'était toujours moi !

Elle s'était calmée en faisant quelques pas. Elle continua son récit avec émotion.

— C'était un véritable choc. J'ai commencé à lire la première page, pour voir. Puis le premier chapitre. J'étais décontenancé. Je n'avais jamais écrit que des romans à l'eau de rose, mais là, ça remontait le niveau. Et puis j'ai été frappée par les similitudes entre votre personnage et Alexandre. C'était troublant. La fiction rejoignait tellement la réalité. Ça ne pouvait que lui plaire. C'est là que j'ai compris : il ne m'avait pas simplement remplacée par quelqu'un d'autre : ce manuscrit avait un sens caché. J'ai fini par le lire entièrement. Lorsque je suis arrivée à la dernière page, celle qui restait inachevée, il y avait un blanc… et puis quelque chose avait été rajouté. Mais c'était l'écriture d'Alexandre.

— Il a écrit la fin !

— J'étais paniquée. Alors je me suis assise dans le fauteuil, j'ai allumé une cigarette et j'ai attendu un peu avant de lire, la liasse de papier posée sur mes genoux. J'avais peur. Une peur qui venait du plus profond de moi. Je savais pertinemment ce qui était écrit, même si j'avais encore de l'espoir. Je suis restée un petit moment comme ça, flottant entre deux mondes, et puis j'ai baissé les yeux d'un coup vers le manuscrit. Évidemment, ça commençait par *« mon pauvre amour »*. J'ai déchiffré le reste pratiquement mot à mot, comme si je pouvais encore me tromper. *« Nous sommes arrivés à notre point de rupture, malheureusement pour nous rien ne pourra jamais plus être comme avant, ne cherche pas à me revoir, je suis incapable de t'expliquer ce qui m'arrive, je ne te demande pas de me pardonner, tu es la seule personne au monde qui pourrait comprendre, à l'heure où tu liras ces mots, je serai devenu complètement invisible… »* Vous voyez, je connais le passage par cœur.

— Invisible… ?

— Oui. Invisible, comme vous dites. Il s'est servi de cette lettre pour composer l'épilogue de votre roman. Ça fonctionne parfaitement. Vous voyez, il aura quand même réussi à écrire quelque chose dans sa vie. Quel final !

— Maintenant je comprends pourquoi il me disait que pour lui mon roman ne pouvait se terminer que d'une seule façon : triste et désespérée. C'est vraiment odieux.

— Non, c'est logique.

— Logique ? Ah bon. Remarquez, si c'est vous qui le dites…

— Il s'est trouvé une fin digne de lui, et de l'image dans laquelle il aura fini par se perdre, et moi avec. Mais ce qui se passe entre nous, vous ne pourriez pas le comprendre. Personne ne pourrait le comprendre. Nous avons toujours joué à un drôle de jeu, à tous les niveaux. Mais nous sommes arrivés au bout de la partie cette fois-ci.

— Et tout à l'heure ? Vous me disiez tout à l'heure que vous teniez votre vengeance...

— Oui, c'est vrai, j'ai dit ça, me répondit-elle de manière évasive.

— Alors ? lui dis-je avec défiance

— À quoi bon maintenant ? D'ailleurs, je n'en serais pas capable, dit-elle en se détournant.

— Moi, à votre place, je ne ferais pas de cadeau.

— Il vaut mieux garder votre fougue pour vous. Vous pourriez en avoir besoin pour écrire vos prochains romans.

— Mes prochains romans ? Vous y allez un peu vite, non ? Et puis, j'en suis au même point que vous avant même d'avoir commencé, alors…

— Allons, ne soyez pas ridicule. Ne mélangez pas les rôles. Vous l'avez déjà trop fait sans même le savoir. Vous êtes jeune, mais vous avez un vrai talent. Vous aurez tout le temps d'y réfléchir.

J'étais face à elle, la regardant fixement.

— Comment peut-on vivre comme ça ? Il n'a plus les pieds sur terre.

— On ne peut jamais se mettre à la place d'un autre. Vous savez, il se passe tellement de choses sur cette terre…

— … des choses effroyables même, et pourtant, tout le monde a ses raisons. Je sais !

— Eh bien… oui… dit-elle, étonnée.

— Il m'a dit la même chose.

— C'est une phrase de Jean Renoir. Nous la citions souvent.

— Vous faisiez surtout un drôle de couple. Tout compte fait, il vaut peut-être mieux que ça se termine !

Elle me regarda avec tristesse.

— Oui, vous avez certainement raison, me dit-elle d'un air résolu.

Elle se leva, pleine d'amertume.

— Bon, alors, voilà, vous savez ce que vous deviez savoir. J'ai l'impression qu'il vaut mieux que je m'en aille maintenant...

— Attendez, ne partez pas comme ça. Je ne voulais pas dire ça, excusez-moi. Vous ne voulez pas... venir chez moi ? Je peux... J'habite juste là, vous voyez la fenêtre... celle avec les rideaux et le petit bouquet de fleurs...

— Ah oui, là... dit-elle en observant la mansarde plus haut. Vous avez une vue imprenable. Non, vraiment c'est gentil de votre part. J'aimerais juste vous dire encore : ça m'a fait du bien de vous rencontrer. De vous parler. Vous êtes certainement quelqu'un de bien. J'espère que vous continuerez à écrire.

— Est-ce que je pourrai vous revoir ?

— Je ne pense pas.

— Pourquoi ?

— Eh bien... il y aurait toujours l'ombre d'Alexandre entre nous. Mais peut-être qu'un jour, sur ce banc, qui sait... Si vous voyez une femme qui me ressemble, vous pourrez toujours descendre pour bavarder un peu.

— Ça, je vous le promets.

— Promettez-moi surtout de ne pas passer votre temps derrière la fenêtre à m'attendre. Ça pourrait bien vous porter la poisse.

Nous eûmes un sourire complice et émouvant l'un pour l'autre, mêlé à cette sensation conjuguée de passer volontairement à côté de quelque chose, histoire de s'épargner de belles désillusions…

— Comment vous appelez-vous ? me demanda-t-elle, avec un soupçon d'inquiétude. Je ne connais même pas votre nom.

— Euh… Pierre.

— Ah oui… Pierre, bien sûr. Comme dans *L'homme au journal*… Alors tout y est : la fenêtre, là-haut, le petit bouquet de fleurs, les rideaux…

— Oh, vous savez, ce n'est pas…

— Non, ne dites rien. Eh bien au revoir, Pierre.

Elle allait disparaître derrière le coin de la maison lorsque je l'interrompis :

— Et vous, Madame ? C'est quoi votre nom ?

Elle se retourna.

— Ah ça, je n'en ai jamais vraiment eu, vous savez…

Et tout en s'éloignant dans la pénombre elle ajouta de loin :

— Claire. Je m'appelle Claire.

— Claire…

Aussitôt après, la femme disparut dans l'ombre, me laissant à nouveau seul sur la place.

J'étais resté immobile sous le réverbère, envahi par une sensation bizarre. Cette petite ville avait un étrange pouvoir sur ses habitants. Comme si elle avait été ensorcelée. Elle avait le pouvoir de les avaler tous au fur et à mesure sans laisser de trace. Ce grand glouton omnivore gobait ses résidants avec patience et acharnement, jour après jour. Il leur suffisait d'apparaître à un moment donné, ne serait-ce qu'un instant : ils disparaissaient ensuite, presque dans la foulée. Où allaient-ils ? Vers quels chemins parallèles, vers quelles autres destinées ? Je n'avais pas de réponse. Quelle était cette surprenante réalité urbaine qui semblait s'échafauder comme un leurre ? Était-elle destinée à me faire défaillir à chaque étape ? Était-elle vraiment palpable ou n'était-ce qu'une vision intérieure démesurée ?

En levant le nez en direction de ma mansarde, là-haut, je repensai à l'étrange influence qu'avait eue sur moi la reproduction du tableau de Magritte *L'homme au journal*. Se pouvait-il qu'elle n'ait pas été punaisée sur le mur de ma chambre par hasard ? Dans quelle mesure l'extraordinaire banalité picturale de cette scène répétitive m'avait-elle envoûté ? Car au fil des mois, l'image perçue dans l'encadrement de ma petite fenêtre sur cour avait pris peu à peu les traits du tableau lui-même. Et dans ce troc visuel, l'élégant moustachu y avait naturellement trouvé sa place, quotidiennement.

À présent, c'est la jolie rousse qui venait d'y laisser filer sa silhouette évanescente…

Finalement, peut-être étais-je moi aussi descendu dans la toile, par inadvertance, guidé par la main du maître ? Dans ce parcours assurément hitchcockien — et pour répondre à la « loi du milieu » — peut-être étais-je moi aussi sur le point de disparaître, gobé par la machine infernale ? Dans l'expectative, ne valait-il pas mieux décamper au plus vite, afin d'échapper à l'aspiration finale ?

Une multitude de pensées se croisaient en moi. Et à l'instant où je sentais leur foisonnement m'envahir entièrement, je me fis cette étonnante réflexion : « non, moi, je ne suis pas un personnage dans cette réalité d'en bas, je suis bien réel ». Curieuse remise à niveau, car si la réponse était on ne peut plus rassurante, la question m'avait tout de même effleuré pendant une seconde…

Face à ce drôle de constat, j'étais resté un bon moment debout, flottant dans l'obscurité, avant de me décider à remonter chez moi.

4

Ma décision est prise : la vieille du premier peut enfin se réjouir, je ne vais plus piétiner ses plates-bandes lors de mes descentes précipitées dans l'escalier. À présent, la foule des autochtones peut aussi réintégrer la place sans aucune crainte : je n'ai plus l'intention de me scotcher des heures à la fenêtre pour observer d'en haut le théâtre du quotidien, à l'affût de quelques personnages croustillants. Finis aussi les rituels obsédants et les danseurs moustachus semeurs d'embûches. Adieu les jolies rousses aux airs nostalgiques et aux parfums d'amertume. Terminé le cortège des morts-vivants sous ma fenêtre, les affaires de notables au ras du pavé et les vilains ragots à tous les étages. À moi les grands espaces ! Demain, je quitte définitivement mon observatoire et je vole vers d'autres horizons. Mais attention… je ne suis pas encore tout à fait parti : la vieille dame du 1er étage n'aura qu'à se tenir encore à carreau jusqu'à demain matin si elle ne veut pas qu'en cette nuit solennelle je ne débarque pour la découper en petits morceaux avec mon grand couteau...

J'avais éclaté de rire en imaginant cela. Mais ces divagations sur la vieille du 1er s'accordaient parfaitement avec cette dernière bouteille de vin au goût insipide que j'étais en train de vider, histoire d'humecter un camembert acheté en vitesse chez l'épicier du coin.

Finalement, nous avions un rapport étroit la vieille et moi. Elle aurait pu être ma grand-mère si j'avais eu un peu plus de chance... J'aurais pu ainsi aller chez elle au moment du goûter par exemple, pour lui chiper ses meilleures confitures dans la plus pure tradition enfantine. Dans la foulée, elle m'aurait révélé quelques détails croustillants de sa longue vie passée avec son vieux coquin, qui au lieu de mourir à la guerre, était mort maladroitement bien après, sans médailles et sans honneurs. À défaut d'une gentille mamie à cheveux blancs, la vieille du 1er était une acariâtre momie à cheveux hirsutes, rongée par des années de déplaisir et vissée au clou de son martyre sans aucun état d'âme, si vous voyez où je veux en venir... Nous n'avions donc rien à nous dire, et mes rêves de tartines avaient un goût de rance, alors que nos chemins allaient bientôt se séparer sans jamais s'être vraiment croisés, hormis les quelques passages obligés pendant mes descentes vers le monde réel...

Oui, j'étais en train de boucler mes affaires. J'allais enfin disparaître de la circulation et devenir *invisible* selon la formule consacrée. Je n'avais plus rien à me reprocher et plus rien à faire non plus dans cette petite bourgade trop bien serrée aux entournures. Du haut de ses quatre étages, le petit meublé qui nichait sous les combles avait l'air bien triste tout à coup. Un lit à une place, une armoire, une petite table et une chaise : le strict nécessaire pour une personne seule, car dans cette garçonnière tout était prévu pour que l'occupant ne puisse vraiment pas recevoir.

J'étais assis, finissant ma bouteille. Un rien avili par les vapeurs d'alcool, j'achevais l'inventaire du lieu en guise de soutien à ma nostalgie naissante. Sur le mur à côté, le vieil évier et son miroir aux alouettes dans lequel j'avais cent fois perçu mon réel et son double... Et surtout, sur le mur en face de moi, punaisée sur cette affreuse lézarde mal replâtrée, la petite reproduction du tableau de Magritte *l'homme au journal*. Cet insolite camouflage à visée décorative pourrait encore me défier toute une nuit. Mais il devrait le faire avec tous les honneurs dus à mon rang, puisque ce serait la dernière.

Le prochain locataire allait-il aussi succomber au charme désuet du gîte ? Saurait-il utiliser agilement cet étroit lit à ressorts très bruyants lorsqu'une amie discrète viendrait lui rendre visite ?

Et surtout – encadrée dans la petite fenêtre et son chien-assis – serait-il sensible à cette vue imprenable sortie tout droit d'un paysage à la Bruegel ? Dans le cas contraire, fallait-il lui laisser un fascicule avec mode d'emploi, horaires et autres détails indispensables sur ces illustres peintres, afin qu'il puisse pleinement profiter de son séjour en apnée au cœur de cette cour des miracles imaginaire ? Non. Il ne fallait surtout rien laisser de cette histoire. Aucun détail. Aucune trace visible. Aucune trace invisible.

Le grand nettoyage avait eu lieu dans les règles de l'art, du sol au plafond et d'un coin à l'autre. Car pour être vraiment libre, il fallait quitter les lieux sans logeuse à ses trousses. Transformé en véritable fée du logis, j'avais tout astiqué de fond en comble. Il ne restait pas le moindre indice pouvant trahir mon passage. Le voyageur non identifié à l'activité douteuse, mais ô combien prolifique que j'étais devenu pouvait disparaître comme il avait vécu : incognito. De la même façon, tout avait été soigneusement rangé dans ma tête. Je pouvais donc partir avec un bel échantillonnage de pensées nostalgiques, de rêves inassouvis, de souvenirs cuisants et fraîchement repassés. Il ne me restait plus qu'une seule chose à faire en l'honneur de cette ultime soirée parmi les indigènes de ce camp subtilement retranché : descendre les quatre étages en silence, pousser la lourde porte de bois en silence, sortir dans la ruelle en silence. Car pour une dernière fois, je voulais m'avancer vers le banc et m'asseoir sous le réverbère, en silence.

J'avais usé d'une discrétion à toute épreuve pendant cette descente d'escalier, afin que la vieille ne puisse pas gâcher cette soirée d'adieux par un contrôle douanier intempestif. Les chaussures à la main et le pied agile, j'avais passé la frontière du 1er étage à l'indienne, au nez et à la barbe de cette garde-barrière irascible, pour me retrouver à l'extérieur sain et sauf. Dans la foulée, je m'étais installé sur le banc comme un parfait touriste. Mais la chose était étrange : j'étais assis là, seul évidemment, et pas l'once d'un poil de moustache ne pouvait plus troubler ce nouvel équilibre... En plus, il était 18 h 30 ! Cet horaire insipide et parfaitement inoffensif prouvait à lui seul que les choses avaient repris leur cours le plus normalement du monde. Malgré tout, je sentais encore frissonner dans ma nuque la petite mansarde, là-haut. Il n'y eut besoin d'aucun coup d'œil furtif pour m'assurer qu'elle était bien vide : le jeune homme désœuvré n'était plus assis derrière sa table et l'élégant danseur à moustache avait bel et bien disparu sans laisser d'adresse. Je l'imaginais filant à grandes enjambées à travers les dunes, son imperméable flottant au vent comme la voile d'un navire gagnant le large, emportant sous un bras le roman de sa vie et tenant de l'autre une jeune femme énamourée belle comme un étendard. Et tandis que cette image romanesque occupait ma pensée vagabonde, j'observais le mouvement répétitif et cadencé des balayeurs au loin, astiquant la place pour la grande parade du lendemain : dès 7 heures du matin, ce serait jour de marché et les ménagères viendraient faire leurs emplettes comme d'habitude, profitant pleinement de l'occasion pour alimenter les potins ou pour inspecter la populace sous toutes ses coutures. Fort heureusement, je serai déjà parti. Ayant pris soin d'éviter discrètement cet incessant défilé de courbettes et de salutations distinguées, j'aurai filé à l'anglaise, abandonnant la place et tous ses occupants aux harangues des camelots et à l'odeur des poissons fraîchement ramenés du port.

Pendant cette dernière soirée passée sur le banc, le spectacle sembla y mettre du sien pour me tirer sa révérence en bonne et due forme. Les toits et les tourelles d'en face dessinèrent leurs crénelures avec majesté tandis que des lambeaux épars de brumes flottèrent aux alentours avec suffisamment de mystère pour étoffer l'affaire. Et ce fut un véritable bonheur que d'être au premier rang pour assister à ce dernier tableau pittoresque aux allures de carte postale ! L'ambiance de ce décor en carton-pâte ne manqua pas d'attiser ma gourmandise : j'avais lancé malgré moi un regard vers l'arrière, mais j'eus beau ouvrir grands les yeux, la silhouette de la jolie rousse aux cheveux flamboyants n'était plus au rendez-vous... Elle n'avait fait que laisser le souvenir du timbre de sa voix sensuelle au creux de mon oreille et celui du reflet d'un regard vert émeraude.

Le moment était certainement propice à toutes ces divagations poétiques, comme avant les départs où subitement les nerfs se lâchent en embrassades et en étreintes musclées, sur les quais des gares ou ailleurs. À présent, je voulais moi aussi quitter ces personnages pour les laisser s'enfuir au loin. Mais ce que je venais de vivre dans la petite mansarde tout là-haut sous les combles me laisserait quelques ampoules aux mains. Non pas juste à force d'écrire, mais aussi à force de flotter d'un univers à l'autre. De la réalité d'en haut, à la réalité d'en bas.

On dit qu'il suffit parfois de peu de chose pour grandir un peu. Avoir lu la dizaine de livres indispensables par exemple… ou avoir vu les bonnes peintures et les bons films, avoir rencontré les bonnes personnes aux bons moments, ou avoir écouté les bonnes musiques peut-être et tout à coup, presque en un tour de main et sans que l'on s'en soit rendu compte, la vie a fait de vous un humain recevable, armé de privilèges. Après quoi, le reste découle en toute logique en vous épanouissant avec tact. Certains parlent de chance, d'autres de destin ou de destinée, d'autres persistent encore à croire à des pouvoirs célestes malgré la science et la modernité. Il en est même qui pensent avec une royale mélancolie qu'un juste mélange sanguin suffirait à régler l'ordre des choses une bonne fois pour toutes. Que de pouvoirs conférés aux forces indicibles !

J'étais de ceux qui croient que le battement d'une aile de papillon peut provoquer un violent ouragan dix mille kilomètres plus loin, grâce à ce fil invisible qui tisse ses liens indubitablement entre tous les éléments universels. Alors peut-être aurait-il suffi d'un papillon crépusculaire ivre d'une liberté retrouvée pour que l'élégant danseur à moustaches et à chorégraphies multiples ne fût jamais sur son banc pensif et solitaire ? Pour que la jolie rousse aux cheveux flamboyants et au regard émeraude ne fût jamais laissée pour compte un triste soir d'automne ? Pour qu'en 1927 René Magritte ne peignît pas *l'homme au journal* avec une simplicité trompeuse ? Et pour qu'au final, mon délire obsessionnel ne restât qu'un rêve éveillé... Forts de leur apparente faiblesse, les papillons en avaient décidé autrement, car pendant ces quelques mois passés loin de la capitale à errer dans ma tête, pendant cette escapade sauvage où j'avais fui la routine pour chercher l'inspiration, j'avais convoqué les choses inexorablement. Et le ballet avait bien eu lieu sous mes yeux, sans véritable accroc, mais avec son lot de pirouettes et de petits menés tout de même...

Je n'avais pas donc pas rêvé, ni même cauchemardé. D'ailleurs la place était là, et malgré son allure de décor d'opérette — qui me sautait aux yeux à présent — elle était bien réelle, avec son banc et son réverbère. À l'instar du tableau de

René Magritte, l'homme avait disparu du paysage en créant un véritable vide. Et malgré sa disparition rien d'important n'avait changé. Exactement comme si sa présence n'avait eu aucun sens. C'est certainement ce qui m'avait poussé à écrire. Car malgré moi, au fil des jours, cette vision du banal avait pris les traits d'une véritable énigme et l'exercice s'était imposé avec force : lui trouver un sens. Mais dans ce pas de trois improvisé où je m'étais investi quotidiennement, rien n'avait jamais répondu à mes exigences ni à mon attente. Le rituel du moustachu s'était imposé sans que jamais je ne puisse en déceler le véritable fondement. Par contre, cette observation silencieuse m'avait offert autre chose à la place et dans cette petite mansarde au don de double vue, une drôle de spéculation s'était échafaudée peu à peu. Celle sur les relations que l'image peut entretenir avec les mots. C'est elle qui avait fini par trouver tout son sens. Il en était né un drôle de journal, sorte de roman inachevé peut-être aussi banal que l'histoire de Claire et Alexandre, peut-être moins, je ne sais pas. Quoi qu'il en soit, la chose était sortie de son œuf, m'entraînant avec elle dans un petit monde de jeu et de hasard que j'avais volontairement provoqué.

À présent, c'était moi qui étais assis sur le banc et je savais que nous étions arrivés à la fin, car ils avaient bel et bien disparu. Le moustachu, la jolie rousse... Bientôt ce serait au tour de la vieille, forcément... Me faudrait-il encore par la suite retrouver l'homme à la DS pour un dernier tour de manège à suspensions hydrauliques, avant qu'il ne s'évanouisse lui aussi dans les lointains, obéissant sans broncher à « la loi du milieu » ? Sans doute. Car même si la gare était à deux pas, comment résister à cette dernière partie de montagnes russes digne des plus belles fêtes foraines de mon enfance ? *Arabesqueville-la-bras-long* ne pouvait disparaître de ma vue que dans un superbe mouvement de rodéo habilement orchestré, à la manière d'un grand final façon *Docteur Folamour*.

D'ailleurs, à l'instant où cette succulente pensée cinématographique me gagnait l'esprit, je savais pertinemment que l'homme à la DS serait au rendez-vous. Planté tout en rondeur sous son couvre-chef, le mégot au coin de la bouche, il ferait le pied de grue dans les règles de l'art, viendrait ensuite vers moi avec le même air entendu, lancerait le rituel « *y va où* » comme un véritable mot de passe, puis me raccompagnerait sans un mot à la gare pour un ultime voyage sans retour. Après quoi, comme le gardien du temple, il refermerait la porte de la ville et décamperait aux commandes de son navire dans un dernier nuage vaporeux et ronflant...

À l'instant où j'allais me lever pour quitter les lieux et devenir moi aussi invisible une fois pour toutes, une voix résonna derrière moi.

– Est-ce que je peux m'asseoir sur ce banc, à côté de vous ?

— Hein ? Euh… oui, si vous voulez… avais-je répondu encore perdu dans cet extrême flot de pensées chimériques.

C'était une jeune femme brune et cette nouvelle apparition ne manquait vraiment pas d'attrait.

— Je voudrais vous parler un peu, si ça ne vous dérange pas, ajouta-t-elle timidement.

J'eus soudain une vision fulgurante qui me replongea à bras-le-corps dans la réalité d'en bas.

— Vous êtes sa maîtresse !

— Comment ? dit-elle interloquée.

— Alexandre ! C'est lui qui vous envoie ?

— Vous devez vous tromper. Je ne connais personne par ici. Malheureusement…

— Tant mieux.

La jeune femme en resta consternée.

— Enfin… non, ce n'est pas… ce que je voulais dire. Excusez-moi.

— Ce n'est pas grave. Alors vous attendez quelqu'un, dit-elle avec déception.

— Non, pas du tout.

— Tant mieux.

— Hein ?

— Je m'appelle Lucie, susurra-t-elle en s'asseyant juste à côté de moi.

— Lucie ? C'est joli.

— Vous habitez le quartier ?

— Euh, oui, vous voyez, là, troisième fenêtre, avec les petits rideaux et le pot de fleurs, enfin bref…

— C'est le hasard. J'habite juste à côté. Pourtant nous ne nous sommes jamais rencontrés.

— Je ne sors pas beaucoup.

— Moi non plus. C'est sans doute pour ça. Mais aujourd'hui j'ai pris une décision. Je me suis dit que j'irais faire un tour sur la place et que je parlerais au premier inconnu que je rencontrerais, s'il n'est pas trop mal.

— Et je ne suis pas trop mal ?

— Faut croire.

Le silence régnait à nouveau en maître. Elle n'osait pas me regarder. J'en profitais pour détailler très discrètement son profil qui dessinait un joli nez en trompette et de longs cheveux bruns tombant en pluie jusqu'au bas de son dos.

— Vous n'y allez pas par quatre chemins, lui dis-je à mi-voix.

— Non. Et vous ?

— Moi ?

— Oui. Comment me trouvez-vous ?

— Euh… eh bien, je… je vous trouve jolie. Oui, vraiment jolie. Et assez entreprenante.

— Je combats ma timidité, me dit-elle en laissant partir un petit rire nerveux.

— Je suis heureux que ce soit tombé sur moi. Surtout après cette histoire.

— Quelle histoire ?

— Un drôle de truc.

Elle me regardait sans comprendre.

— Vous n'avez pas envie d'en parler ?

— Peut-être, si vous y tenez. Mais alors pas ici !

— Vous n'aimez pas cet endroit ? me dit-elle avec un air désolé.

— Si, si ! Enfin… c'est toute une histoire. Pourtant, c'est un banc comme les autres… Un banc, quoi !

Elle se leva énergiquement.

— Alors nous pourrions aller prendre un verre !

Elle m'avait pris de court. Elle attendait ma réponse en me fixant de ses grands yeux noisette.

— Eh bien, remarquez… pourquoi pas après tout. Si vous en avez envie.

— J'en ai très envie, me dit-elle avec une ardeur à peine dissimulée.

— Bon. Je ne m'attendais pas à ça. Je n'avais jamais été abordé par une femme… de cette façon.

— Moi non plus. Je n'ai jamais abordé un homme… de cette façon.

Elle avait tourné la tête vers moi, et nos visages se mesuraient. Puis elle fit quelques pas. Je ne la quittai pas du regard. Subitement, elle se retourna et me lança :

— Vous faites quoi, vous ?

— Ce que je fais ?

— Oui ! Quand vous n'êtes pas assis sur ce banc, par exemple.

— Rien de particulier. Je tourne en rond. Mais j'essaye des choses.

— Des choses ? dit-elle en longeant le banc tout en s'approchant de moi.

— À ce qu'il paraît, j'aurais même des dispositions pour écrire.

— Écrire…

— Oui. Écrivain, quoi.

Tout en longeant le banc, elle effleurait au passage le dossier avec ses doigts fins. Elle était arrivée juste à mon niveau, si bien qu'en levant la tête vers moi, nos bouches se retrouvèrent très proches l'une de l'autre. Me regardant dans les yeux, elle me dit avec vivacité :

— Écrivain ? C'est drôlement bien ça. Non ?

— Je ne sais pas, dis-je en détournant mon visage par un mouvement fuyant.

Elle s'éloigna à nouveau en longeant le banc dans l'autre sens et en continuant d'effleurer au passage le dossier du bout de ses doigts.

— Moi j'adore lire, me dit-elle. C'est une vraie passion. Chez moi il n'y a que des bouquins. Vous imaginez : des tonnes de bouquins et rien d'autre. Je ne sais plus où les mettre !

Elle partit d'un rire pétillant

— J'imagine le décor…

— Mais je les ai tous lus ! Quand on pense que ça sort de l'imagination de gens qu'on ne connaît ni d'Ève ni d'Adam. C'est comme des rêves éveillés !

J'étais complètement sous le charme.

— Un rêve éveillé… oui, vous avez raison. C'est exactement ce qui m'est arrivé. C'est comme un rêve éveillé… Mais ça vaudrait peut-être le coup d'en faire un roman ou une pièce de théâtre ! répondis-je en éclatant de rire.

Elle m'interrompit avec le plus grand sérieux.

– Pourquoi riez-vous ?

– Oh, pour rien. Je me trompe certainement.

Face au sérieux de sa réaction, je m'étais repris rapidement sur un ton maladroit. La jeune femme s'était aussitôt éloignée vers la place. Décidément, je ne savais pas m'y prendre.

Elle se retourna et me parla avec douceur.

– Regardez… La nuit est en train de tomber. J'adore cet instant, quand tout s'estompe et s'efface silencieusement. C'est le meilleur moment pour marcher un peu, au hasard…

Je m'étais approché d'elle pendant qu'elle parlait. Je sentais le désir monter en moi, mais je n'osais pas le manifester ouvertement. Lorsque je fus presque à sa hauteur, elle se retourna subitement. Je m'arrêtai net.

– Venez… me dit-elle

– Vous savez, c'est drôle, lui dis-je en continuant d'approcher, je vous connais à peine, mais je crois que je me sens bien avec vous.

– Pourquoi drôle ? Moi aussi je me sens bien avec vous.

Tandis qu'elle s'éloignait vers le centre de la place qui s'était assombri, j'observais son corps qui ondulait dans la pénombre.

– Venez… me lança-t-elle, de loin.

Après une légère hésitation et après avoir regardé le banc une dernière fois, je suivis la jeune femme dans la nuit noire.

Si à cet instant précis, quelqu'un s'était trouvé dans l'encadrement de ma fenêtre là-haut, à m'observer comme le personnage d'un tableau ou celui d'un roman, il aurait certainement imaginé cet instant comme étant le plus opportun pour que je disparaisse aussi, selon « la loi du milieu »… et pour que mon journal se referme enfin. Car après tout, peut-être était-il aussi 21 h 15, une fois de plus ? Je pouvais donc laisser la place. Le décor continuerait certainement à vivre sa vie. Mais sans moi.

Cet ouvrage est une œuvre de fiction. Toute ressemblance avec des personnes existantes ou ayant existé ne pourrait être que fortuite ou involontaire.

Impression :
Bod-Books on Demand
Norderstedt, Allemagne

ISBN : 978-2-8106-2009-8

Dépôt légal : septembre 2011
Réédition de juillet 2017